KB180154

송강 정철과 함께 걷는
관동별곡 8백리

송강 정철과 함께 걷는
관동별곡 8백리

2013년 4월 15일 1판 1쇄 발행 / 2023년 5월 25일 1판 3쇄 발행

지은이 정준 / 펴낸이 임은주
펴낸곳 도서출판 청동거울 / 출판등록 1998년 5월 14일 제2023-000034호
주소 (12284) 경기도 남양주시 다산지금로 202 (현대테라타워 DIMC) B동 317호
전화 031) 560-9810 / 팩스 031) 560-9811
전자우편 cheong1998@hanmail.net

편집주간 조태봉 / 책임편집 김은선
출력 우일프린테크 / 인쇄 하정문화사 / 제책 우성제본

ISBN 978-89-5749-151-5 (03810)

이 도서의 국립중앙도서관 출판시도서목록(CIP)은 e-CIP 홈페이지(http://www.nl.go.kr/ecip)와
국가자료공동목록시스템(http://www.nl.go.kr/kolisnet)에서 이용하실 수 있습니다.
(CIP제어번호: CIP2013002187)

송강 정철과 함께 걷는

관동별곡 8백리

정준 지음

청동거울

안녕하십니까?

강원도 고성군수 황종국입니다.

2013년은 여러분들도 잘 아시다시피 '휴전 60주년'이 되는 해입니다.

우리 민족에게 대단히 의미 깊은 '휴전 60주년'을 맞이해서, 분단의 쓰라린 고통을 지난 60년 동안 가슴속에 안고 살아온 대한민국 동해안 최북단 강원도 고성을 무대로 하는 여행책이 출간된 것을 온 군민과 더불어 참으로 기쁘게 생각합니다.

우리 고성군은 2008년 금강산 여행이 갑자기 중단된 후 이루 형언하기 어려울 정도로 많은 어려움을 겪어왔습니다. 그러나 고성군에서는 이러한 난관을 타개하고 새로운 희망을 개척하기 위해, 동해의 아름다운 해안길인 〈관동별곡 8백리〉를 야심차게 준비하였습니다. 4백여 년 전에 강원도 관찰사로 재직시에 조선시대 최고의 기행가사인 「관동별곡」을 창작하기 위해 금강산과 관동팔경의 고장인 고성땅을 방문한 강원도의 위대한 시인인 송강 정철을 새롭게 스토리텔링하여 이루어진 것입니다.

그리고 2009년 가을부터 (사)세계걷기본부와 함께 전국에서 찾아오신 수많은 걷기동호인, 자전거동호인, 문학동호인들이 참석한 가운데 〈관동별곡 8백리 걷기대회〉를 매년 개최하고 있습니다.

이번에 '휴전 60주년'이자 '송강 정철 서거 420주년'이 되는 뜻 깊은 2013년에는 〈제5회 관동별곡 송강 고성축제〉를 개최하여, 아름다운 화진포 광장에 세워진 거대한 자연석 표지석에 새겨진 글씨 〈관동별곡 답사 1번지 - 고성〉처럼 동해안 걷기여행의 출발지이자 통일을 염원하는 새로운 걷기의 고장으로 확실한 자리매김을 할 예정입니다.

이처럼 역사적 사료에 근거한 새로운 문화적 발상인 온고지신의 참신한 아이디어를 강원도와 고성군에 최초로 제안해 주고 여러 가지 난관 속에서도 이처럼 성대한 행사를 지난 5년 동안 열심히 추진해 준 정준 사무총장께서, 뜻깊은 2013년을 맞이하여 '자녀와 부모가 함께 떠나는 고성 여행 에세이'인 『송강 정철과 함께 걷는 관동별곡 8백리』를 출간하게 된 것을 진심으로 축하드립니다.

IMF가 한창이던 1999년에는 정풍송 작곡·설운도 노래인 〈땅 끝에서〉를 작사하고 교보문고와 함께 '보길도와 땅끝으로 떠나는 문학여행'을 성공적으로 진행하여 신지식인으로 선정되었고, 2001년에는 소설 『나비처럼 날다』를 출간한 저자로서 제3회 함평나비축제의 공식홍보대사가 되어 교보문고와 철도청의 후원으로 '정준 작가와 떠나는 함평나비기차여행'을 진행하여, 1백만 명 이상의 관광객들이 함평나비축제에 참가하도록 크게 기여한 정준 사무총장의 기발한 발상과 뛰어난 창의력이 이번 책을 통해 중앙과 지방에 있는 전국의 많은 공직자와 직장인들에게 널리 알려지게 되기를 바랍니다.

2008년 부산 해운대 파라다이스 호텔에서 개최된 '전국 시장 군수 구청장 협의회 총회'에서 처음 만난 이후, 이처럼 좋은 인연을 맺고 깊은 우정을 나누게 된 것을 참으로 뜻깊게 생각하면서 '고성 여행 에세이'인 『송강 정철과 함께 걷는 관동별곡 8백리』의 발간을 통하여 정준 사무총장께서 더욱 건승하시기를 축원드립니다.

2012년 연말에 동해안 최북단 강원도 고성에서

강원도 고성군수 황종국 배상

■ 추천사_강원도 고성군수 황종국 ● 4

프롤로그 ● 10

01 송강의 생가에 서서 ● 20

02 관동 8백리 방면을 맡기시니 ● 32

03 관동별곡 답사 1번지, 고성 ● 40

04 해당화 핀 바닷가에서 취선이 된 송강 ● 72

05 화진포에서 맺은 사랑 ● 84

06 어버이 살아실제 섬기기란 다하여라 ● 122

07 간절한 그리움의 대상_동해의 화랑들 ● 134

08 청간정에서 만나는 〈소녀와 가로등〉의 가수 진미령 ● 146

09 새해에는 비나이다, 새해에는 비나이다 ● 166

10 미시령 정상에서 동해를 바라보며 ● 204

11 30년 만에 이룬 송강의 꿈 ● 214

에필로그 ● 226

프롤로그

독자 여러분 안녕하세요!

지난 2009년부터 문화관광부, 강원도, 동해안 6개 시군 후원으로 〈관동별곡 8백리 길〉 코스를 개척하여 매년 강원도 고성군과 함께 〈관동별곡 8백리 걷기대회〉를 주관하고 있는 (사)세계걷기본부 정준 사무총장입니다.

우리네 인생처럼 곡절 많고 구구절절이 다양한 사연을 간직하고 있는 삼천리 금수강산의 고샅고샅 아름다운 길을 오랫동안 사랑해 오신 독자 여러분들과, 이처럼 책을 통해 다시 만나게 되어 참으로 반갑습니다.

길을 오랫동안 걸어보신 분들은 누구나 "인생은 먼길을 떠나는 여행과 같다"는 말에 고개를 끄덕이며 공감을 표하시리라고 믿습니다. 그래서 사람들은 흔히 '인생은 여행길'이라고 부르기도 하고, 가수 최희준은 〈인생은 나그네길〉이란 노래를 부르기도 한 것 같습니다.

그런데 영국의 식민지였던 가난한 대륙 인도에서 태어났지만 많은 여행을 통해 자신의 인생을 설계하는 방법을 배우고, 시인이 될 수 있는 감수성을 체득하고, 인도뿐만 아니라 일본의 식민지였던 우리나라 국민들에게도 새로운 희망을 품게 해주었던 명망 높은 인도인이 한 분 계십니다.

그분은 여러분들도 잘 아시는 인도의 시성 타고르입니다.

타고르는 우리나라가 일본 제국주의의 식민지로 고통받고 있을 때 우리 국민들에게 대단히 큰 격려와 많은 위안이 된 시 「동방의 등불」을 벵골어로 쓴 인도의 유명한 국민시인이죠.

영국 옥스포드 대학의 명예박사이기도 한 타고르는 1913년에 유명한 시집 『기탄잘리』로 아시아인 최초로 노벨문학상을 받았고, 인도의 회화와 음악과 사상에도 지대한 영향을 끼친, 인도의 레오나르도 다빈치였습니다.

영국의 식민지였던 가난한 나라 인도에서 출생한 타고르가 이처럼 영국인들도 부러워할 정도로 위대한 인물로 성장할 수 있었던 이유가 과연 무엇일까요?

그것은 바로 '여행'이었습니다.

인도 서벵골주의 캘커타에 살고 있던 타고르의 아버지는 방학이 되면 어린 타고르를 데리고 광활한 인도 대륙을 열심히 여행했습니다.

타고르는 그 넓은 인도 대륙을 가족과 함께 여행하면서 아버지로부터 아주 오랜 옛날부터 전해 내려오는 인도의 신화, 전설, 역사 등의 이야기를 전해 들었습니다. 또 그 이야기 속에 나오는 생생한 현장을 두 눈으로 확인하고 두 손으로 직접 만지면서 선조들의 문화와 정신을 온몸으로 느끼는 색다른 경험을 했습니다.

타고르는 아버지와 함께 하는 이러한 여행을 통해 별빛이 눈부시게 아름다운 밤하늘을 바라보며 자유로운 상상을 하고, 재미있는 꿈을 키우고, 창의력을 개발하고, 또 여행 중에 발생하는 수많은 일들을 겪으면서 다양한 문제에 대한 해결 능력을 배울 수 있었습니다. 그래서 알베르 까뮈는 "여행은 위대한 학문이다!"라고 외쳤던 것입니다.

중세 유럽에서도 장차 기사가 될 귀족의 자제들을 대상으로 하는 특별한 청소년 여행 프로그램인 〈그랜드투어〉가 있었습니다. 그들은 '아더왕의 전설'이 깃든 곳, 고대 유적지, 기사들의 무용담이 남아 있는 유서 깊은 장소 등을 수개월 혹은 수년 동안 여행하면서 유럽의 오랜 역사와 문화, 기사들의 용맹성과 정의감, 자연에 대한 외경감과 사람을 대하는 태도 등을 훈련받았습니다.

이처럼 여행은 동서고금을 막론하고 책상 위나 컴퓨터 앞에서는 도저히 경험할 수 없는, 싱싱하게 살아 숨쉬는 수많은 날것들과 직접 대면하면서 삶의 다양성, 재미있고 자유로운 발상, 꿈과 열정, 인격적인 성숙을 배울 수 있게 하는 거대한 인생 학교입니다.

저는 오랜 시간 동안 우리의 어린이와 청소년들에게 이러한 효과를 줄 수 있는 '한국의 그랜드투어 코스'를 연구해 왔습니다. 왜냐하면 2008년 5월 6일에 제가 세계걷기본부 초대 총재인 박세직 전 88서울올림픽 조직위원장을 수행하여 반기문 UN사무총장을 예방한 자리에서 국제적인 걷기프로그램에 대해 회의를 할 때, 반기문 UN 사무총장으로부터 바로 이런 말씀을 들었기 때문입니다.

　"대지 위를 직립보행하는 두 다리를 상징하는 '11월 11일'에 세계 각국과 함께 환경과 건강을 테마로 하는 걷기 캠페인을 대한민국의 주도하에 글로벌하게 펼쳐나간다는 것은 대단히 좋은 아이디어입니다.

　그런데 세계걷기본부에서 스페인의 '산티아고 가는 길'과 같은 국제적인 테마가 될 수 있는 길을 개발할 수만 있다면, 이러한 글로벌 캠페인을 세계 다른 나라와 함께 진행하는 데 큰 도움이 될 겁니다.

　앞으로 세계걷기본부가 UN과 긴밀하게 협의하면서 이러한 프로젝트를 수행하려면, 먼저 국내에서 그러한 업적을 먼저 쌓는 것이 대단히 중요하답니다."

　그해 봄 UN 방문을 모두 끝내고 박세직 총재와 함께 서울로 돌아온 저는, 30여 년 전에 수려한 금강산이 지척에서 보이는 강원도 고성의 DMZ 숲속과 첫사랑처럼 아름다운 화진포 바닷가에서 트럼펫을 부는 나팔수로 군복무할 때 무한감동을 받았던 조선 최고의 기행가사인 「관동별곡」의 무대인 동해안 8백리를, "대한민국의 청소년들뿐만 아니라 전세계 청소년들을 위한 그랜드투어 코스로 널리 알려야겠다."고 결심했습니다.

　왜냐하면 이 코스는 무려 천오백 년이 넘는 역사를 지닌 국내 유일의 그랜드투어 코스이기 때문입니다. 6세기 중엽인 신라 진흥왕 시절부터 내려오는 '세계에서 가장 오래된 청소년들의 국토순례 코스'로서, 신라 화랑의 호연한 기상과 조선 선비의 청신한 정신과 송강 정철의 뜨거운 예술혼을 동시에 느낄 수 있는 길입니다. 또한 이 길은 수많은 시인과 화가와 예술가들이 걸으면서 시심을 느끼고 영감을 자극받고 잃어버린 감성을 떠올렸던 무한한 상상력과 창의력의 보고이기도 했습니다.

그래서 저는 반기문 UN 사무총장을 예방하고 귀국한 2008년 5월부터 이 프로젝트를 체계적으로 준비하기 시작했고, 2009년 3월 5일 한국관광공사 오지철 사장으로부터 동해안의 아름다운 해안길을 개척하는 책임을 맡은 '관동별곡 8백리 답사단장'으로 위촉되었습니다. 「관동별곡」을 주요 콘텐츠로 선정해서 송강의 감동적이고 드라마틱한 삶을 스토리텔링하기 위해서였습니다.

이를 계기로 저는 동해안 최북단에 위치한 강원도 고성을 출발해서 속초, 양양, 강릉, 동해, 삼척, 울진 월송정에 이르는 기나긴 해안길을 자전거로 일일이 답사하면서 〈관동별곡 8백리 길〉 그랜드투어 코스를 개척하게 되었습니다. 그리고 2009년 10월 17일부터 7박 8일 동안 문화체육관광부, 강원도, 동해안 6개 시군의 후원으로 〈제1회 관동별곡 8백리 세계슬로우 걷기축제〉를 개최하였습니다.

지난 4년 동안 (사)세계걷기본부 사무총장으로 이 모든 행사를 주관해 온 저는, 휴전 60주년이자 송강 정철 사후 420주년인 2013년을 맞이하여 우리의 청소년들에게 〈관동별곡 8백리 길〉 코스의 의미와 진가를 제대로 알리는 책을 한 권 쓰기로 황종국 고성 군수님과 논의하였습니다. 왜냐하면 433년 전인 1580년(선조 13년)에 송강 정철이 강원도 관찰사로 부임해서 창작한 「관동별곡」의 주요 무대인 금강산과 관동팔경이 있는 강원도 최북단 고성군은, 국토 분단의 아쉬움과 민족이산의 안타까움을 참으로 절절하게 전해주는 우리 민족의 보배로운 문화유산이기 때문입니다.

비록 지금은 고성군이 통한의 DMZ 때문에 북고성과 남고성으로 분단되어 있지만, 본래 고성군은 6세기 중엽인 신라 진흥왕 시대부터 시작된 '우리나라 최초의 청소년 여행의 메카'였습니다.

천오백 년 전부터 신라에는 젊은 화랑들이 수도인 경주를 출발해서 동해안을 따라 고성으로 올라와 청간정, 화진포, 선유담, 화암사, 건봉사, 삼일포, 금강산을 순례하면서 심신을 수련하고 기예를 뽐내고 호연지기를 느끼고 국가의 안녕을 기원하는 제사를 올리는 청소년들의 독특한 국토순례문화가 존재하고 있었습니다. 세계에서 가장 오래된 이러한 청소년 국토순례의 문화는 고려와 조선의 선비들에게도 면면히 이어졌고, 결국 송강의 「관동별곡」이라는 불후의 명작을 낳게 만든 든든한 문학적 토대가 되었습니다.

만약 고성군이 남과 북으로 분단되지만 않았다면, 「관동별곡」의 주요 무대인 고성의 아름다운 산하는 벌써 전세계인들이 즐겨 찾아오는 스페인의 '산티아고 가는길'이나 일본 시코쿠 섬의 '88 사찰 순례길'이나 유럽의 청소년들을 위한 '그랜드 투어'를 능가하는 국제적인 도보여행지로 눈부신 발전을 했을 겁니다. 그러나 참으로 애석하게도, 일본의 식민지배 때문에 세계에서 그 유래를 찾기 힘들 정도로 아주 독특한 우리 청소년들의 이러한 전통문화

거진 등대

와 유구한 역사가 그만 단절되고 말았습니다.

게다가 해방 후엔 관동팔경이 위치한 강원도 양양과 속초와 고성이 그만 38도선 이북에 있는 북한땅이 되는 바람에, 세계 최초의 청소년 국토순례문화와 전통을 다시 되살릴 수가 없었습니다. 그리고 1950년 6월 25일에 발발한 한국전쟁이 끝난 후엔 통한의 휴전선이 금강산과 관동팔경의 고장인 강원도 고성땅을 반으로 갈라놓는 바람에, 천오백 년 가까이 이어지던 청소년들의 동해안 순례역사가 이 땅에서 영영 사라질 지경이 된 것입니다.

독자 여러분!

이제 2013년이면 어언 '휴전 60주년'이 됩니다. 더이상 머뭇거리거나 주저하기에는 너무나 긴 세월이 흘렀습니다.

이제는 무상한 세월이 더 지나가기 전에 우리 선조들이 전해 준 이 뜻깊은 역사와 전통을 후손들에게 마땅히 전해 주어야 하지 않을까요? 그리고 21C에 우리나라를 문화창조국가로 만들 우리의 자랑스러운 청소년들에게 무한한 상상력과 창의력을 심어줄 심오한 영혼의 길을 한시바삐 알려주어야 하지 않을까요?

그래서 저는 런던 올림픽 경기가 한창 진행되던 2012년 여름. 4백여 년 전에 뜨거운 예술혼을 불태우며 동해안의 관동팔경을 모두 답사하면서 불후의 기행가사인 「관동별곡」을 남겨주신 위대한 시인 송강 정철의 발자취를 찾아가는 긴 여행을 4년 만에 다시 시작하였습니다.

현재 우리 민족의 위대한 문화유산인 관동팔경 중에서 총석정과 삼일포는 금단의 땅인 북한에 위치하고 있기 때문에, 남쪽에 있는 관동6경밖에 볼 수 없다는 사실이, 저를 많이 아쉽게 했습니다.

그러나 이번 답사를 통해 송강의 사후 4백여 년의 세월이 흐르면서 '신관동팔경'으로 떠오른 명소인 화진포의 '김일성 별장'에 깃들어 있는 푸른 눈의 성자인 캐나다 선교사 닥터 셔우드 홀 일가의 감동적인 한국 사랑 이야기를 새롭게 조명할 수 있었고, 또 금강산 남쪽의 백두대간 골짝에 외롭게 숨어 있는 '건봉사'의 천재 월북 작사가 조명암 선생의 감동적인 음악사를 발견할 수 있었던 것은 또 다른 저의 기쁨이었습니다.

그래서 저는 〈관동별곡 8백리 길〉 코스를 처음 개척하던 2008년과는 또 다른 감회와 희망을 마음속 깊이 느끼면서, 2012년의 염천 더위 속에서 째앙거리는 동해안 햇살을 무방비로 맞아 온몸이 시뻘건 홍시처럼 익어도 어린아이처럼 마냥 즐겁고 신나게 다닐 수 있었습니다.

2012년 12월 30일
관동별곡 8백리 길이 아스라이 보이는 거진등대 위에서
송강 정준

송강의 생가에 서서

강원도 최북단 고성 화진포에서 경북 울진 월송정
까지 구비구비 꿈결처럼 이어지는 동해안의 새하얀 해변은 세계
적인 관광지인 태국의 파타야 해변이나 필리핀의 세부 해변만큼
이나 매력적이고 아름다운 곳이다.

태평양을 건너온 검푸른 파도.

금가루를 뿌려 놓은 듯 눈부신 백사장.

우아한 자태를 자랑하는 짙푸른 해송군락.

태백, 두타, 오대, 설악, 금강산을 화려한 왕관처럼 머리에 쓴
채 거대한 용의 등처럼 높이 솟구친 백두대간의 우람한 모습.

그리고 수려한 해안을 따라 보석처럼 박혀 있는 동해안의 명승
지 관동팔경…….

필자가 신라의 화랑으로부터 조선의 수많은 시인과 화가와 묵
객들이 탄성을 내지르며 걸었던 이 아름다운 동해안 길을 〈관동
별곡 8백리〉라고 명명한 데는 이유가 있다.

송강 정철이 지은 조선 최고의 기행가사인 「관동별곡」의 첫노

래에 보면 다음과 같은 문장이 나온다.

관동 8백리 방면을 맡기시니, 어와 성은이야 갈수록 망극하다

「관동별곡」의 첫부분에서 이 구절을 본 필자는 "조선의 셰익스피어" 송강의 치열한 예술혼과 자연사랑의 정신이 생생하게 살아 숨쉬는 유서 깊은 이 스토리텔링 길의 이름을 〈관동별곡 8백리〉로 정하기로 결심했다.

필자와 함께 이 책을 통해 관동별곡 8백리 길 여행을 떠나는 독자 여러분들은 지금까지와는 전혀 다른 아주 특별한 여행을 하게 될 것이다.

그것은 이번 여행을 통해 독자 여러분들이 국어시간에 많이 배웠던 「훈민가」, 「관동별곡」, 「사미인곡」, 「속미인곡」, 「성산별곡」의 지은이로 유명한 조선 최고의 위대한 시인인 송강 정철의 드라마틱한 일생에 대한 여행도 함께 하게 될 것이기 때문이다. 즉, 여러분들은 관동별곡 8백리의 첫 출발지인 대한민국 최북단에 위치한 강원도 고성에 대한 공간 여행뿐만 아니라, 필자와 함께 타임머신을 타고 4백여 년 전으로 돌아가 「관동별곡」의 창작자인 송강의 감동적인 일생에 대한 시간여행도 함께 하게 된다.

2012년 겨울.

88서울올림픽 총감독이었던 표재순 PD와 함께 대하사극 〈조선왕조 5백년〉을 만들었던 신봉승 방송작가가 역대 조선의 위대

한 인물 중에서 대한민국을 난국에서 구할 드림팀으로 이루어진 상상의 정부를 구성해 본 적이 있다.

그때 신봉승 작가는 대한민국의 대통령엔 조선의 제4대 왕이었던 세종을, 국무총리에는 청백리로 유명했던 오리 이원익을, 기재부장관에는 퇴계 이황을, 지경부장관에는 다산 정약용을, 외교부장관에는 스님이었던 이동인을, 고용부장관에는 영남의 사림파 학자였던 김굉필을, 여성부장관에는 숙종때 장희빈을 내치고 인현왕후를 복위시킨 남계 박세채를, 검찰총장에는 개혁가였던 정암 조광조를 추천했다.

그렇다면 문화부장관에는 과연 누가 좋을까?

필자는 단연코 송강 정철을 추천한다!

독자 여러분들은 이번 여행을 통해서 대한민국의 문화부장관이 되기에 전혀 손색이 없을 정도로 상상력과 창의력이 탁월하고, 도전의식이 뛰어난 혁신가이며, 백성의 아픔을 누구보다도 가슴 깊이 이해할 정도로 따뜻한 심성의 소유자인 송강의 진면목을 알게 될 것이다.

또 30여 년 전에 전기가 들어오지 않아 호롱불을 켜놓고 필자가 근무했던 고성의 DMZ와, 동해안의 철책선에서 군복무를 할 때부터 틈틈히 답사하고 조사했던 숨은 이야기들도 세세하게 들려드릴 계획이다.

그리고 강원도 최북단인 고성에서 경북 울진에 이르는 〈관동별곡 8백리〉길 동해안 전체 코스 중에서 매년 걷기대회를 할 때마다 참가자들 사이에서 항상 1위, 2위, 3위를 다투었던 보석처럼 아름다운 걷기길 세 곳과, 환상의 동해안 드라이브 코스를 소개할 것이다.

거기에다가 '금강산도 식후경'이라는 옛말을 생각나게 하는 맛있는 전통 먹거리와 원주민들이 아니면 잘 알기 힘든 숨은 맛집도 덤으로 소개할 것이다.

그러면 지금부터 4백여 년 전 송강의 일생과 조선 최고의 기행가사인 「관동별곡」의 무대 속으로 신비로운 환상 여행을 함께 떠나 보기로 하자.

먼저, 이 길을 여행하기로 결심한 독자 여러분들에게 뜻깊은 이번여행의 첫출발지로 서울 종로구 청운동에 위치한 청운초등학교를 적극 추천한다.

그 이유는? 청운초등학교는 지금으로부터 4백여 년 전에 한양에서 태어난 송강의 생가터이기 때문이다!

송강은 중종 31년인 1536년 윤 12월 6일에 지금의 청운초등학교 자리에서 4남 3녀 중의 막내로 태어났고, 이 집에서 열 살이 될 때까지 살았다. 청운초등학교 자리는 송강의 일생 중에서 가장 행복한 시간을 보낸 첫 10년의 추억이 고스란이 간직되어 있는 대단히 유서 깊은 장소이다.

현재 청운초등학교는 경복궁 서쪽에 자리잡고 있기 때문에, 흔히 서촌이라고 부르는 서울 특별시 종로구 청운동 한국 유니세프 건물 길 건너편에 위치하고 있다. 청운초등학교 담이 세워져 있는 2차선 도로변에 가보면 2010년에 종로구청에서 돌로 만들어 세운 송강 시비 네 개가 길을 따라 띄엄띄엄 서 있다.

▲ 송강 생가터에 있는 청운초등학교
▶ 길가에 세워진 송강의 시비들

그곳에는 송강에 대한 간단한 약력이 한국어, 영어, 한문으로 씌어 있는 작은 입간판이 세워져 있고, 그 옆에 송강의 대표작품으로 잘 알려진 「관동별곡」「성산별곡」「사미인곡」「훈민가」를 새겨 놓은 시비가 줄지어 나란히 서 있다.

송강의 생가였던 청운초등

학교 교정에 가만히 서서 학교 운동장에서 순진무구한 웃음을 허공으로 까르르르 터뜨리며 마음껏 뛰어놀고 있는 어린아이들을 물끄러미 보고 있노라면, 천진난만하게 웃고 있는 어린 송강이 마치 어디선가 금방이라도 쪼르르 뛰어나올 것만 같다.

송강 정철이 출생한 종로구 청운동 주변에는 송강처럼 한글을 사랑하고 한글로 아름다운 문학활동를 한 예술인들의 흔적이 유난히 많이 남아 있고, 동해안을 일일이 답사하면서 관동팔경을 그린 유명한 화가의 발자취도 만날 수 있다.

먼저 한글을 창제하신 세종(충녕대군)이 태어나신 생가터가 청운 초등학교 남쪽의 통의동에 있는데, 청운초등학교에서 자하문로를 따라 경복궁역 방향으로 내려가면 오른쪽 도로변에 돌로 만든 표지석이 세워져 있다.

그리고 일본제국주의의 암울한 시기에 「서시」「별 헤는 밤」 등의 주옥 같은 시를 지은 비운의 시인 윤동주(1917년~1945년)가 이곳에서 하숙을 하면서 산책을 하던 곳이 있다.

1940년 초, 연희전문학교에 재학중이던 윤동주와 정병욱은 종로구 누상동에 있던 소설가 김송의 집에서 함께 하숙을 했다. 그때는 일본군국주의자들이 일으킨 태평양전쟁 때문에 한글말살 정책이 시행되어 한글로 된 책자 발간이 금지되었고, 학도병으로 강제 징집될 위기에 놓여 있었다. 그런 불안한 와중에 윤동주는 시집 『하늘과 바람과 별과 시』에 나오는 19편의 시를 그곳에서 완성했다.

비록 일본에서 체포된 윤동주는 해방을 불과 6개월 앞둔 1945

년 2월에 27세의 젊은 나이에 후쿠오카 감옥에서 일본군의 생체 실험 대상이 되어 잔혹하게 죽임을 당했지만, 인왕산 아래 서촌 일대에는 윤동주의 애틋한 시심이 아직도 어려 있다.

그래서 종로구청에서는 인왕산 자락 청운수도가압장이 있던 자리에 윤동주 문학관과 시인의 언덕을 조성했는데, 청운초등학교에서 자하문 터널 방향으로 올라가다가 오른쪽 언덕 위로 오르면 쉽게 방문할 수 있다.

또한 관동팔경과 금강산 그림을 남긴 겸제 정선이 그린 진경산수화 〈인왕제색도〉의 배경이 되었던 인왕산 수성동 계곡도 종로구청에서 옛모습으로 복원했다.

이 외에도 청운동 남쪽의 통인동에 소설가 이상의 집터도 문화공간인 〈이상의 집〉으로 단장되어 있고, 광복 후에 서울로 올라온 지방의 젊은 시인과 작가와 예술가들이 모여 살며 동인지 『시인부락』을 출간했던 유서 깊은 보안여관도 문화예술공간으로 개방되어 있다.

경복궁 서쪽과 인왕산 동쪽에 위치해서 일명 '서촌'이라고 부르는 이곳은 7백 채에 가까운 한옥이 남아 있고 조선 5백 년의 흔적이 남아 있는 골목길이 정겹게 이어져 있는 따스하고 정감 어린 옛 동네이다.

그래서 송강의 생가를 찾아가는 독자들이라면 경복궁 전철역에 내려서 자하문로를 따라 느릿느릿하게 걸으면서 5백 년 전 서촌의 뒷골목을 회상하고, 재래시장인 통인시장에 들어가 삶의 활력도 느끼고, 길가에 있는 조그만 카페와 갤러리와 미술관에도 들

어가 옛추억도 떠올리는 "슬로우 걷기여행"을 한번 즐겨주시기
바란다.

만약에 송강에 대해 좀더 관심과 시간을 낼 수 있는 여유 있는
분이라면, 차를 타고 교외로 나가 송강의 선영이 모셔져 있는 고
향인 경기도 고양시 덕양구 신원동의 송강마을을 찾아가는 것도
대단히 뜻깊은 여행이 될 것이다.

송강 선조들의 고향인 고양시 덕양구 신원동에는 송강의 고조
부, 증조부, 부모, 누이, 아들의 묘는 말할 것도 없고 심지어 송강
과 아름다운 사랑을 나누었던 전라도 기생 강아의 애틋한 무덤까
지도 양지바른 야산에 잘 모셔져 있다.

조선 초기에 고양시 덕양구 신원동에 살았던 송강의 고조부는 대단한 인물이었다. 병조판서를 지낸 그는 한글을 창제한 세종의 아들인 안평대군을 사위로 삼았다.

안평대군이 누구던가? 조선의 화가인 안견에게 그 유명한 〈몽유도원도〉를 그리게 한, 세종의 아들 중에서 예술적인 감수성이 가장 뛰어난 영특한 왕자가 아니었던가!

송강의 고조부였던 정연은 이처럼 세종대왕과 사돈이었고, 송강의 증조부인 정자숙은 안평대군과 처남 매부 사이였다. 송강의 조부인 정위는 건원릉 참봉을 맡았고, 송강의 부친인 정유침은 왕실 친척들의 대소사를 챙기는 돈령부 판관이었다.

고양시 송강마을 앞에 있는 시비

　이런 이유 때문에 송강의 가문은 자연스럽게 조선왕실과 서로 혈연관계를 맺는 로열 패밀리로 부상했고, 고향인 경기도 고양시 덕양구 신원동을 떠나 한양 청운동에 둥지를 틀게 된다.

　이처럼 한 시대를 풍미했던 송강의 선조들이 살았던 고양시 덕양구 신원동에 가면 송강의 시를 돌에 새긴 거대한 자연석이 2차선 도로변에 나란히 서 있다.

　또 그곳에는 방문객들이 송강의 고향을 천천히 걸어서 둘러볼 수 있도록 "송강 누리길"도 조성되어 있다.

　그러나 너무나 아쉽고 안타까운 것은 이러한 것들이 송강의 명성에 걸맞게 체계적으로 제대로 관리가 되지 않아, 송강의 고향 마을이 참으로 초라해 보인다는 것이다.

　"한국의 셰익스피어"로 추앙받을 정도로 조선의 중세 국문학사에 길이 빛나는 불멸의 업적을 쌓은 송강을 이 정도로밖에 대접을 하지 못한다는 것이, 참으로 창피하고 얼굴이 뜨거워서 낯을 제대로 들지 못할 지경이다.

그렇지만 송강의 고향인 고양시 덕양구 신원동을 한번 찾아가서 우리의 경박한 문화 인식과 척박한 문화 현실을 두 눈으로 똑똑히 확인하는 것도 또 다른 역사 공부가 되지 않을까?

기생 강아의 무덤

02

관동 8백리 방면을 맡기시니

송강에게는 모두 세 명의 누나들이 있었는데 큰
누나는 조선 12대 왕인 인종의 후궁인 숙의가 되어 대궐로 들어
갔고, 둘째누나는 부제학을 역임한 최홍도의 부인이 되고, 셋째
누이는 왕족인 계림군 유의 부인이 되었다.

조선 9대 왕인 성종에게는 월산대군이란 형이 있었는데, 월산
대군의 손자가 바로 계림군 유이다.

이러한 이유로 송강은 어린 나이부터 구중궁궐을 자유롭게 출입
하면서 나중에 명종이 되는 어린시절의 경원대군은 물론이고, 다
른 왕자와 공주들과도 소꿉동무가 될 수 있었다. 마치 드라마 〈해
를 품은 달〉에 나오는 어린 주인공들처럼.

이처럼 로얄 패밀리가 되어 자신보다 두 살 많은 왕자와 어깨동
무를 할 정도로 큰 위세를 떨치던 송강의 집안에 엄청난 시련의
먹구름이 밀려온 것은, 송강의 나이가 막 열 살이 되던 1545년(인
종 원년)이었다.

일찍이 조선 11대 왕인 중종은 제1계비인 장경왕후 윤씨가 낳

은 왕자를 왕세자로 책봉하여 제12대 왕인 인종으로 즉위하도록 준비했고, 제2계비인 문정왕후 윤씨가 낳은 왕자는 경원대군으로 부르도록 하였다.

그런데 1544년 11월 4일에 중종이 57세의 나이로 창경궁에서 승하하자 그 뒤를 이어 인종이 왕이 된다. 그러나 대단히 불운하게도 인종이 보좌에 오른 지 불과 8개월 만에 황망하게 승하하게 되고, 겨우 12세인 경원대군이 갑자기 조선의 제13대 왕인 명종이 된다

이때 인종을 낳은 장경왕후 윤씨에게는 윤임이라는 남동생이 있었고, 명종을 낳은 문종왕후에게는 윤원형이라는 남동생이 있었다. 그런데 윤임을 따르는 대윤파와 윤원형을 따르는 소윤파는 서로 사이가 대단히 나빴다. 처음에는 윤임을 추종하는 대윤파가 소윤파보다 세력이 월등히 높았다. 그런데 갑자기 승하한 인종의 뒤를 이어 명종이 임금이 되자 이 모든 상황이 하루 아침에 뒤바뀌고 말았다.

나이 어린 명종을 돕기 위해 생모인 문정왕후가 수렴청정을 하게 되자, 문정왕후의 남동생인 윤원형이 이끄는 소윤파가 모든 권력을 두 손에 쥐게 된 것이다. 특히 윤원형은 자신의 애첩으로 권모술수에 능한 정난정과 한통속이 되어 사회를 어지럽게 하는 악행을 서슴지 않고 행한다.

이때 소윤파는 평소에 눈엣가시처럼 미웠던 장경왕후 쪽의 윤임이 거느리고 있던 대윤파를 제거할 계략을 꾸미게 된다. "대윤파가 왕위를 되찾기 위해 역모를 꾀한다"는 억울한 누명을 씌워

수많은 사람들을 참살하는 커다란 변란을 일으킨 것이다. 이것이 바로 을사사화이다.

또 을사사화가 일어난 지 2년 후인 1547년에는 대윤파와 관련된 나머지 사람들을 마저 몰살시키기 위해 소윤파에서 두 번째 계략을 꾸민다. "문정대비와 간신들이 나라를 망치고 있다"는 거짓 벽보를 전라도 양재역에 몰래 부치는데, 이것을 '양재역 벽서 사건'이라고 한다. 소윤파에서는 거짓으로 만든 양재역 벽서 사건을 대윤파의 소행으로 몰아붙쳐 피비린내 나는 정미사화를 일으킨다.

을사사화와 정미사화가 연이어 일어나자 송강의 작은누나와 결혼한 왕족인 계림군 유는 반대파인 윤임의 생질이란 이유 하나로 그만 참형을 당하고, 송강의 집안도 계림군의 처가라는 이유로 아예 풍비박산이 나고 만다.

그로부터 35년의 기나긴 세월이 흐른 후……. 어느덧 45세의 중년의 나이에 접어든 송강은 1580년(선조 13년)에 강원도 관찰사로 임명을 받게 된다. 그때 송강은 자신의 깊은 감회를 「관동별곡」 첫문장에서 이렇게 노래했다.

강호에 병이 깊어 죽림에 누웠더니
관동 8백 리 방면을 맡기시니
어와 성은이야
갈수록 망극하다.

한양에서 관직을 받아 머물던 중에 억울한 누명을 쓰고 전라도 담양의 외딴 시골에 묻혀 있던 송강은 자신을 잊지 않고 강원도 관찰사로 임명한 선조(제14대 왕)의 부름에 크게 감동한다.

송강은 먼길을 떠나기 전에 선조에게 하직 인사를 올리고 경복궁의 서쪽 문인 연추문을 통해서 바깥으로 나온 뒤, 옥졸들을 앞세우고 지금의 종로를 지나 동대문 밖으로 향한다. 그리고 송강의 일행은 남한강이 유유히 흐르는 경기도 남양주와 이천을 지나 신륵사가 있는 여주의 아름다운 섬강변을 거쳐 강원도 감영이 있는 원주에 도착했다.

백설이 하염없이 내리는 한겨울에 강원도 원주에 도착한 송강은 그 누구보다도 강원도 관찰사의 직무를 열심히 수행한다. 송강이 척박한 강원도에 살고 있는 백성들을 위해 얼마나 정성껏 업무를 수행했는지는, 그가 선조에게 올린 상소문을 읽어 보면 잘 알 수 있다.

신이 명을 받든 후로 백성들에게 덕을 배풀고 고통을 구제하기 위해 피로를 느낄 사이도 없이 이른 아침부터 밤늦도록 열성을 다하고 있습니다.

그동안 관리들을 여러 고을로 보내어 주도 면밀하게 알아본 결과 땅의 척박함과 백성들의 가난함이 이루 형언할 수 없을 정도로 낙후되어 있습니다.

백리 안에는 인가 보기가 어렵고 행여 인가가 있다고 하더라도 한두 집에 불과하여 마을을 이루기가 어렵고, 인구 겨우 2만이고 밭도

3만에 불과합니다.

　이러한 실정이니 명색이 도라고 하지만 인구와 재력과 물자를 따진다면 함흥의 조그만 부에도 못 미칠 지경입니다

　이런 지경인데도 불구하고 각종 가혹한 세금과 군량과 공물과 진상품과 방물을 거두어 가니, 진실로 백성들은 살을 벗기고 뼈를 깎는 것처럼 가혹하기 그지없고, 극심한 가렴주구 때문에 원기가 다 빠져나가 마치 중병이 든 병자와 같이 몹시 힘겨운 상태입니다.

조선의 잘나가는 사대부였던 송강이 어렵고 힘든 백성들의 생활을 이처럼 절절하게 걱정하는 심정이 간곡했던 이유는 무엇일까? 그것은 송강이 어린 나이인 열 살부터 부모님과 함께 멀리 귀양살이를 하면서 온갖 풍상을 다 겪었기 때문이다.

　어린시절부터 낯선 타향땅에서 서민들과 똑같이 가난한 생활을 하면서 온갖 애환을 다 겪은 송강은 그 누구보다도 백성들의 아픈 마음을 헤아릴 줄 아는 따뜻한 심성을 갖고 있었다.

　백성들과 따뜻한 가슴으로 진정으로 소통할 줄 알고 민생을 제대로 챙길 줄 아는 참된 목민관이었던 송강은 임금에게만 상소문을 올리는 것이 아니라, 강원도 각 고을의 관리들에게도 백성들의 고초를 덜어주는 선정을 베풀 것을 신신당부하는 간곡한 글을 내린다. 이 글의 제목은 「유읍제문」인데 "고을의 관리들을 깨우쳐 인도하는 글"이란 의미이다.

　이 글 속에는 다음과 같은 내용이 들어 있다.

각 고을의 수령들이 백성들에게 하지 말아야 할 것이 열 가지가 있는데 다음과 같다.

- 옥사를 다룰 때에 공평하지 않은 것.
- 죄인을 너무 오랫동안 가두어 두는 것.
- 세금을 이중으로 거두는 것.
- 죄과로 재물을 빼앗는 것.
- 헐값으로 백성의 재물을 구입하는 것.

이 내용들을 찬찬히 살펴보면, 오히려 지금 이 시대를 살고 있는 요즘 공직자와 정치인들에게 우리 국민들이 꼭 들려주고 싶은 솔직한 이야기가 아닌가?

지금 우리들이 간절히 바라는 공직자와 정치인도 송강처럼 따뜻한 가슴으로 백성들과 진정으로 소통하고 억울함이 없도록 공평무사하게 일을 처리하고 국민들의 어려운 살림살이를 올바로 챙길 줄 아는 이러한 사람일 것이다.

그뿐 아니라 송강은 강원도 영월땅에서 죽은 단종의 무덤이 표석도 하나 없이 황폐해진 것을 알고는, 무덤 주변을 깨끗하게 다시 고치게 하고 억울하게 돌아가신 단종을 기리는 제사를 올리도록 지시한다.

그리고 송강은 "정치의 근본은 풍속을 교화하는 것이고 백성들이 서로 우애 있게 살고 효를 행하고 화합하도록 해야 한다"고 말하고, 인간의 가장 기본 도리인 효도, 경노정신, 형제간의 우애, 준법정신 등을 다시 새길 수 있는 주옥 같은 시조인「훈민가」16

수를 지어 백성들에게 보급하도록 한다.

이러한 강원도와 강원도 백성들을 향한 송강의 지극한 사랑은 그로 하여금 조선 기행가사의 백미이자 불후의 명작인 「관동별곡」을 창작하게 만든다.

금강산과 관동팔경을 답사하면서 가슴속에 활활 불타고 있는 예술을 향한 뜨거운 창작 욕구를 충족시킬 꿈을 오랫동안 갖고 있던 송강은, 날이 따뜻하게 풀리고 꽃이 피는 봄이 되자 드디어 원주를 떠나 소양강과 철원을 지나 회양을 통해 민족의 명산인 고성의 금강산으로 들어간다.

먼저 내금강으로 들어간 송강은 만폭동 골짝의 거대한 폭포와 금강대위의 백학을 보면서 감격에 잠긴다. 그리고 향로봉을 발아래로 내려다보는 진헐대를 오르고, 금강산 일만이천봉이 한눈에 펼쳐지는 개심대에 오르고, 원통 골짝의 사자봉 앞에 있는 너럭바위인 화룡소의 옥처럼 맑은 물을 바라보고, 천길이나 되는 낭떠러지 위에 자리잡은 불정대에 오르면서 무릉도원 같은 금강산의 속살을 모두 만끽한다.

이렇게 해서 꿈에 그리던 금강산 유람을 모두 끝낸 송강은 그리운 동해를 보기 위해 고성의 바닷가로 내려간다.

03

관동별곡 답사 1번지, 고성

강원도 고성군은 서쪽으로는 금강산, 동쪽으로는 쪽빛 동해, 그 사이에는 명사와 해당화로 유명한 황금빛 백사장과 짙푸른 소나무, 신비로운 자연 석호를 품고 있는 한반도 최고의 명승지이다.

그런 이유 때문에 동해안 최북단에 위치한 고성군은 천오백 년 전 신라시대부터 화랑들의 순례 명소였고, 일본 식민지 시절에도 조선에 거주하던 서양인 선교사들의 집단 휴양촌이 있었고, 해방 후에는 김일성이, 한국전쟁 후에는 이승만 초대 대통령과 이기붕 부통령이 앞다투어 별장을 지었고, 이화여대 별장과 육군 장성 휴양소가 위치하고 있었다.

그래서 고성땅에 있는 금강산 구경을 모두 끝낸 송강은 이렇게 노래한다.

산중을 노상 보랴 동해로 가자구나

동해안으로 내려와 별천지처럼 아름답고 바다의 무릉도원처럼 신비로운 주변의 경치에 반한 송강은, 그만 술에 취한 신선이 되어 말을 타고 해변의 파도소리를 들으며 바닷가를 거닌다.

이처럼 고성의 수려한 해안으로 내려온 송강은 관동팔경 중에서 가장 북쪽에 있는 총석정과 삼일포를 먼저 찾아간다. 그러나 대단히 아쉽게도 총석정과 삼일포는 지금 우리들이 마음대로 오갈 수 없는 북한땅에 위치하고 있다.

원래 강원도 최고의 휴양지였던 고성군은 2개 읍과 6개 면이 있었다. 그러나 한국전쟁이 일어난 후 1953년 7월 27일 휴전이 될 때 너무나 안타깝게도 1개 읍과 3개 면이 각각 북고성과 남고성으로 나뉘고 말았다.

그래서 필자는 독자 여러분들을 모시고 남한에 속한 관동팔경 중에서 가장 북쪽에 위치한 청간정과 최북단 자연석호인 화진포가 있는 남한의 고성으로 안내하기로 한다.

현재 수도권에서 동해안 최북단에 자리잡은 강원도 고성으로 가는 최단거리는 춘천고속도로를 타고 동홍천까지 간 다음에, 44번 국도를 따라 황태덕장으로 유명한 인제의 용대삼거리까지 가서, 그곳에서 46번 국도를 타고 진부령을 넘어가는 길이다.

예전에는 영동고속도로를 따라 강릉까지 간 다음에 7번 국도를 타고 북쪽으로 동해안을 따라 올라가거나, 혹은 서울에서 양평과 가평을 지나 홍천과 인제로 넘어가는 국도를 이용해야 했으나, 지금은 경춘고속도로가 개통되는 바람에 불과 세 시간이면 새파

금강산 삼일포(북고성의 관동팔경)

고성 다시마장

란 파도가 넘실
거리는 고성의
동해 바닷가에
도착할 수 있게
되었다.

　백두대간의 준령을 멀리 바라보면서 푸른 파도가 새하얀 백사
장을 뒤덮는 동해안을 찾아가는 여행길은 언제 떠나도 가슴 벅차
고 신나는 일이다. 그래서 수많은 7080세대들은 송창식의 〈고래
사냥〉을 목청 돋우어 부르면서 동해를 찾아 길을 떠났던 것이다.

　　술 마시고 노래하고 춤을 춰봐도 가슴에는 하나 가득 슬픔뿐이네

무엇을 할 것인가 둘러보아도 보이는 건 모두가 돌아앉았네
자 떠나자 동해바다로 삼등삼등 완행열차 기차를 타고 우~우~

어저께 꾸었던 꿈의 세계는 아침에 일어나면 잊혀지지만
그래도 생각나는 내 꿈 하나는 조그만 예쁜 고래 한 마리
자 떠나자 동해바다로 신화처럼 숨을 쉬는 고래 잡으러 우~우~

우리의 사랑이 깨진다 해도 모든 것을 한꺼번에 잃는다 해도
우리들 가슴속엔 뚜렷이 있다 한 마리 예쁜 고래 한마리
자 떠나자 동해바다로 삼등삼등 완행열차 기차를 타고 우~우~

　　이 노래는 유명 소설가였던 최인호 씨가 각본을 쓰고 영화배우
하명종 씨의 형인 하길종 씨가 감독했던 1975년 최고의 한국영화
였던 〈바보들의 행진〉에 소개되어 젊은이들 사이에서 선풍적인
인기를 누렸다. 그 당시 하길종 감독은 유명한 영화배우들을 쓰
지 않고 연세대학교 학생들인 윤문섭과 하재영을 캐스팅하고 미
모의 여배우였던 이영옥을 상대역으로 출연시켜 더욱 화제를 모
으기도 했다.
　　영화 속에서 각각 병태와 영철과 영자로 출연했던 그들은 갑갑
한 현실 속에서 좌절하고 환호하면서 좌충우돌하는 싱싱하고 풋
풋한 20대 대학생들의 사실적인 모습을 실감나게 연기해서 일약
스타가 되었다. 특히 그 영화 속에는 송창식의 노래가 배경음악
으로 여러 곡 발표되어 영화와 함께 큰 인기를 끌었다. 그때 영화

고성 다시마장

의 배경음악으로 불려졌던 송창식의 노래에는 〈왜불러〉〈고래사냥〉〈날이 갈수록〉 등이 있다.

영화 속에서 가위를 들고 장발을 단속하는 순경을 피해 달아나는 주인공 대학생의 영상 위로 절묘하게 울려 퍼진 송창식의 노래 〈왜불러〉는 극장에 앉아 있던 모든 관객들을 포복절도하게 만들었고, 군부독재에 대항하는 대학생들의 데모로 인해 텅 비어버린 가을의 캠퍼스에 외롭게 홀로 앉아 있던 주인공의 슬픈 어깨 위로 살며시 내려앉는 힘없는 석양 너머로 잔잔하게 울려 퍼지던 노래 〈날이 갈수록〉은 많은 사람들의 눈시울을 촉촉이 적셨다.

답답하고 힘든 상황 속에서도 마음속의 꿈인 거대한 고래를 잡기 위해 〈고래사냥〉을 신명나게 부르면서 길을 떠나던 주인공들 중에 영철이는 부산 영도 태종대에서 자전거를 탄 채로 절벽 아래 시퍼런 바닷속으로 몸을 던져 뜨거운 생을 마감하고, 입대영장을 받은 병태는 모든 것을 뒤로 한 채 빡빡 깎은 머리로 용산역에서 혼자 쓸쓸하게 논산행 입영열차를 타면서 영화는 끝난다.

그러나 병태는 절망하지 않았다.

왜?

군대를 마음대로 안 가도 되는 '신의 아들'이 될 수 없었던 병태가 탄 입영열차가 막 출발하던 그 순간에 여신처럼 나타난 영자가 그에게 첫키스의 짜릿한 추억을 안겨주며 "기다리겠다"는 사랑의 메시지를 전한다. 그때 그녀는 마치 처연한 지옥을 걷던 단테 앞에 나타난 베아트리체 같았다.

절망에 빠진 남성을 구원하는 것은 여성의 진실한 사랑이었다.

왜냐하면 남성에게 여성의 진정한 사랑은 희망이기 때문이다. 사람은 희망이 있는 한 그 어떤 고통도 이겨낼 수 있고, 희망이 없으면 작은 고통에도 쉽게 좌절하는 법이다.

혹시 현실이 너무나 힘들고 팍팍하다고 생각하는 분이 계시다면 영화 〈바보들의 행진〉을 보시면서 아무런 선택의 여지도 없이 지금보다 더 어렵고 절망스러웠던 70년대를 살아야 했던 7080세대들의 삶을 반추해 보시기 바란다.

동홍천에서 44번 국도를 타고 인제 원통을 지나면 한계삼거리를 만나게 된다. 이곳에서 우회전을 하면 하덕규 씨가 작곡하고 양희은 가수가 불렀던 노래 〈한계령〉의 무대인 양양 한계령으로 넘어가고, 좌회전을 하면 46번 국도를 타고 12선녀탕과 백담사가 있는 용대삼거리로 가게 된다.

그런데 이곳에서 46번 국도를 따라 용대삼거리 방향으로 좌회전을 하면 터널이 여러 개 건설되면서 운행 거리가 훨씬 줄어들고 속도도 무척 빨라진 새 도로를 이용할 수 있다. 대다수의 운전자들은 이 길을 선호하는 듯하다.

그러나 동해로 가는 즐거움을 좀더 느끼면서 유유자적한 여행의 기쁨을 더 많이 누리고 싶은 분이라면, 새 도로 옆쪽으로 나 있는 옛 46번 국도를 이용하시기 바란다. 만약 이 길로 진입하게 되면 백담사에서 12선녀탕을 지나 한계삼거리 방향으로 구비구비 흘러내리는 북설악의 아름다운 계곡을 만나는 기쁨을 누리게 될 것이다. 이 계곡은 봄부터 겨울까지 언제 들러도 감동을 준다.

아름다운 한계삼거리의 계곡을 따라 천천히 오르다 보면 이제 곧 진부령을 넘어 만나게 될 동해의 아름다움이 가히 짐작이 되고도 남는다.

용대삼거리에서 좌회전을 해서 고성으로 넘어가는 진부령으로 들어서면 오른쪽에 '무적 향로봉 대대'라는 입간판이 보인다. 부대 이름만 보아도 이제 동해안 최북단으로 접어든다는 현실이 실감나는 길이다.

해발 5백 2십 미터의 진부령은 금강산으로 들어가는 최북단 고개로서 고성의 첫 관문이자 백두대간 종주 코스의 마지막 도착지점이다.

애초에 진부령은 한 사람이 겨우 지나갈 정도로 비좁은 소로였고, 그나마 여름장마나 한겨울 폭설기간에는 길이 유실되어 통행

진부령의 가을

이 끊기기가 일쑤였다. 그러나 인조 8년(1631년)에 간성현감이던 문청공 이식이 인근에 있는 건봉사 스님들과 백성들의 도움을 받아 사람은 물론이고 우마차도 다닐 수 있는 길로 넓혔다.

동해안에서 서해안의 인천까지 연결되는 이 길은 1930년대 일제 식민지 시대에 도로로 개설되었고, 해방 후인 1950년대에 자동차가 왕래할 수 있는 지방도로로 활용되다가 1981년에 국도로 승격되면서 왕복 2차선 확장공사가 완공되었다.

진부령 정상에 도착하면 좌측에 〈진부령 미술관〉이 보이고 우측에는 '강원도에서 가장 맛있는 집'이란 현수막이 붙어 있는 작은 음식점이 보인다. 그러면 오른쪽에 잠시 차를 멈추고, 이곳의 진미인 진부령 청국장을 맛보고 가는 게 좋을 것이다.

'금강산도 식후경'이란 옛말이 있듯이 이제 금강산과 동해의 첫

진부령 미술관

관문인 진부령 정상에 도착했으니, 맛있는 음식으로 배를 넉넉하게 채우고 입을 즐겁게 할 필요가 있다. 이 식당은 집에서 전통방식으로 정성껏 만든 청국장과 무공해 청정지역인 진부령과 향로봉 골짝에서 채취한 산나물로 푸짐한 밥상을 차려준다

이 식당의 이름은 〈풍미식당〉이다. 강원도가 고향인 식당 주인 아주머니는 강원도 전통방식으로 집에서 띄운 청국장으로 찌개를 자글자글 끓여준다. 게다가 봄부터 가을까지 진부령 마을사람들과 함께 마산봉과 향로봉 일대에서 채취한 무공해 자연산 나물을 곁들여 주면 훈훈한 고향의 맛이 따로 없을 정도다. 그리고 직접 운영하는 황태덕장에서 한겨울 내내 찬바람을 맞으면서 잘 건조된 고성황태로 차려주는 고소한 황태구이와 황태해장국도 일품이다.

진부령은 부대가 주둔하는 진(陳), 부자 부(富), 고개 령(嶺)으로, 옛부터 이곳에 주둔하는 부대원들을 모두 먹여 살릴 정도로 산나물이 풍족한 곳이다. 그래서 박연희가 쓴 소설 「홍길동」을 보면, 홍길동이 부하들과 함께 살고 있는 산채가 바로 이곳 진부령에 있는 것으로 묘사되어 있다.

특히 유네스코 한국위원회가 조사한 바에 따르면, 진부령에서 향로봉을 거쳐 금강산으로 연결되는 고성의 백두대간 지역은 희귀한 동식물들이 많이 서식하는 천연삼림지역이라고 한다. 때문에 생태계보존지역으로 시급히 지정해야 할 필요가 있는 곳이다.

이처럼 청정한 백두대간의 마지막 고개 위에서, 금강산 향로봉을 타고 내려오는 신선한 바람이 키워낸 푸짐한 토속음식으로 배를 즐겁게 한 뒤엔, 도로 건너편 진부령 미술관 옆에 자리잡은

진부령 풍미식당

'향로봉지구 전적기념비'를 꼭 방문하기 바란다.

우리들이 여름휴가철이 오면 가족들과 함께 한계령을 넘어 양양 낙산 해수욕장으로, 미시령터널을 지나 속초로, 진부령을 넘어 화진포의 눈부신 명사십리 해변으로 자유롭게 떠날 수 있는 것은 한국전쟁 당시에 향로봉전투에서 승리한 꽃 같은 젊은 청춘들의 눈물겨운 희생이 있었기 때문이다.

1945년 8월 15일. 한반도가 일본의 식민지로부터 해방되고 나서 고성과 속초는 38도선 이북에 위치하고 있었기 때문에 우리들이 자유롭게 왕래할 수 없는 북한땅이 되었다. 그리고 북한이 1950년 6월 25일에 한국전쟁을 일으킨 이후 UN군과 국군이 이 지역을 잠시 수복하기도 했지만, 1951년 1월에 중공군의 남침으로 인해 이 지역은 다시 북한땅이 되고 말았다. 그러나 1951년 3월부터 6월까지 중공군과 치열한 전투를 벌인 국군이 설악산과 향로봉전투에서 승리하는 바람에 금강산 남쪽의 눈부신 동해안을 우리의 영토로 되찾을 수 있었던 것이다.

미군과 UN군이 주둔했던 서해안 전선은 38도선 남쪽으로 밀려내려와 고려의 옛수도였던 개성을 오히려 빼앗겼다. 그러나 동해안 전선에 배치된 우리 국군은 살신성인의 격렬한 전투를 마다하지 않았고, 결국 38도선 위로 북진을 계속해서 한국전쟁 이전에 북한땅이었던 양양 이북의 속초와 고성을 수복했다.

한치의 땅이라도 되찾아 후손들에게 물려주기 위해 고귀한 목숨을 아낌없이 바친 그들의 눈물겨운 희생정신을 기리고 고인들의 명복을 빌기 위해, 뜻깊은 '향로봉지구 전적기념비' 앞에 잠시

항로봉지구 전적기념비

발길을 멈추고 애도의 묵념을 올리는 것이 우리 후손들의 도리가
아닐까?

고성은 강원도에서도 폭설이 많이 오기로 유명한 곳이다. 그래
서 진부령 마산봉 기슭에는 일제 식민지 시대에 우리나라 최초의
스키장이 들어서게 되었다. 북한의 삼방스키장과 함께 최고의 자
연눈으로 유명했던 진부령스키장은 1970년대 후반까지만 하더라
도 전국동계체전과 전국 규모의 각종 스키대회를 개최하던 대한
민국 스키의 메카였다.

이처럼 눈이 많이 내리는 이곳에 유난히 폭설이 많이 내려서 큰
피해를 일으킨 적이 있었는데, 그때가 1956년이었다. 설날이 지
난 1956년 2월 중순부터 3월 초순까지 고성지역에 엄청난 대설
이 쏟아졌는데, 그때 국토 최북단 전선에서 향로봉의 DMZ를 지
키던 꽃다운 젊은이들이 그만 눈 속에 파묻혀 동사하고 말았다.

한국전쟁 때 이 지역을 수복한 선배들의 뒤를 이어 전기도 들어
오지 않는 열악한 최전선에서 호롱불을 켜놓고 국토를 지키다 안
타깝게 목숨을 잃은 그들을 생각하면서 북쪽에 있는 향로봉을 한
번 바라다보기 바란다.

진부령을 넘고 나면 지척에 놓여 있는 파아란 동해를 한시바삐
두 눈 속에 넣고 싶은 마음에 금방이라도 화진포로 달려가고 싶
어진다. 그러나 진부령을 넘은 독자 여러분들이 동해로 가기 전
에 반드시 방문해야 할 유서 깊은 장소가 한 군데 있다.

그곳은 바로 금강산 건봉사이다!

알프스 스키장(대한민국 제1호 스키장)

마산봉(진부령 제1봉)

건봉사는 우리 민족의 파란만장한 역사 속에서 대단히 의미깊은 이야기들을 많이 간직하고 있는 스토리텔링의 보고이다.

건봉사는 신라 법흥왕 7년(서기 520년)에 인도에서 건너온 아도 화상이 금강산 초입에 위치한 까치봉 아랫자락의 찬물이 샘솟는 냉천리에 창건한 절이다.

건봉사는 임진왜란 때는 사명대사 유정이 전국의 승병을 모아 왜적을 물리친 호국사찰이며, 세조 때는 왕실의 주요 행사를 거행하는 원당사찰이었다. 일제시대에는 만해 한용운이 이곳에서 스님으로 있으면서 민족계몽운동을 한 역사의 산실이며, 설악산

건봉사 등공대

의 신흥사와 인제의 백담사와 양양의 낙산사를 모두 말사로 거느 렸던 웅장한 규모의 본사였다. 또한 전세계에서 스리랑카와 더불 어 단 두 곳밖에 없는 석가모니의 진신치아사리 8과가 보관되어 있는 유일한 사찰이다

　이밖에도 건봉사는 한반도에서 최초로 염불만일회가 시작된 곳 이다. 무려 27 년 5개월 동안 이나 '아미타 불' 염불을 외 면서 용맹정진 수행을 하는 염 불만일회는 신 라 경덕왕 17년 (758년)에 발징 화상이 31명의 스님과 1,820 명의 신도들과 함께 건봉사에 서 최초로 시작 했다.

건봉사 사명대사 동상

한때는 3,183칸이나 되는 대가람으로 조선의 4대 사찰이었고 일제시대에는 전국 31본산의 하나였던 건봉사. 이처럼 대단한 사찰이 강원도 고성의 산 속에서 무려 2천여 년 동안 존재했는데도 불구하고, 우리 국민들이 왜 이러한 사실을 까맣게 모르고 살고 있을까? 그 이유는 바로 남북 분단이란 한반도의 비극적인 상황 때문이다.

해방 후 고성군의 건봉사가 종교의 자유를 인정하지 않는 북한 지역에 위치하는 바람에 이처럼 유서 깊은 사찰이 우리의 뇌리 속에서 점점 잊혀졌던 것이다. 게다가 한국전쟁 중에 불이문 외에는 건봉사의 수많은 건물들이 모두 폭격을 맞아 불타 없어지게 되고, 휴전 후에는 건봉사가 일반인의 출입이 불가능한 DMZ에 근접한 민간인통제선 안쪽에 위치하게 되자, 건봉사는 군인과 산짐승 외에는 아무도 찾지 않는 적막강산이 되고 말았다.

필자가 이곳에서 군복무를 하던 30여 년 전에는 군인 신분이었던 종군스님 혼자만 외롭게 근무하면서 망각의 폐허지로 변해 버린 건봉사를 지키고 있었다. 그의 쓸쓸한 뒷모습이 지금도 두 눈에 생생하다. 그때 노래를 무척이나 잘 불렀던 종군스님은 가곡 〈성불사의 밤〉을 자주 불러주었다.

성불사 깊은 밤에 그윽한 풍경소리
주승은 잠이 들고 객이 홀로 듣는구나
저 손 아마 저 잠들어 혼자 울게 하여라

국내에서 유일하게 보존하고 있는 석가모니 진신 치아사리

건봉사 홍예교

그후 88서울올림픽이 끝난 1989년부터 민간인통제선이 건봉사 위쪽으로 조정되면서 건봉사의 존재가 국민들에게 서서히 알려지기 시작했다.

그런데 건봉사에는 남북한 사이에서 비운의 인물이 돼버린 어느 천재 음악가의 눈물이 어려 있는 비석이 하나 서 있다. 이 음악가는 일제 식민지 시대에 우리 민족의 심금을 울린 많은 노래들을 작사한 유명한 분이다.

일제 식민지 시대였던 1930년~1940년대에 우리의 대중음악계에는 민족의 심금을 울리던 3대 천재들이 활동하고 있었다. 그들은 참으로 유명한 박시춘, 손목인, 조명암이다. 그런데 〈신라의

건봉사 불이문(6 · 25 전쟁에서 유일하게 보존된 문)

달밤〉작사가인 박시춘 씨나 〈목포의 눈물〉을 작사한 손목인 씨는 대중가요를 좋아하는 분들에게 널리 알려져 있다. 그런데 거기에 반해 조명암 작사가는 그다지 많이 알려져 있지 않다.

건봉사에서 출가한 스님이었던 조명암은 만해 한용운의 제자로서 많은 사랑을 받았다. 건봉사에는 1906년에 건립된 봉명학교가 있었는데, 만해 한용운은 그곳에서 많은 제자들을 가르쳤다. 특히 시를 잘 쓰는 조명암은 뛰어난 문학적 재능을 인정받아 한용운 선생에 의해 서울의 보성고보로 진학하게 된다.

조명암은 보성고보 재학 중에도 뛰어난 문학적 재능을 발휘하여 조선일보에 시 「밤」을 발표하고, 신동아에 시 「이 동굴 안을 거니는 자여」를 발표하고, 1934년에 동아일보 신춘문예에 시 「동방의 태양을 쏴라」가 당선된다.

보성고보를 졸업한 뒤에 유명한 시인이 되어 다시 고성으로 돌아온 그는, 건봉사 봉명학교에서 3년 동안 교사로 근무하면서 많은 후배들을 지도한다. 그후 일본으로 건너가 와세다대학 불문과를 졸업한 그는 귀국한 뒤에 다시 건봉사 봉명학교에서 2년 동안 교사로서 학생들을 지도한다.

이처럼 만해 한용운의 제자로 뛰어난 문학적 재능을 갖고 있던 시인 조명암은 일제 식민지 시대에 우리 민족을 위로한 명곡인 〈선창〉〈꿈꾸는 백마강〉〈알뜰한 당신〉〈낙화유수〉〈고향초〉〈세상은 요지경〉을 비롯해 7백여 곡을 작사했다.

특히 "남쪽나라 바다 멀리 물새가 날으면/뒷동산에 동백꽃도 곱게 피는데/뽕을 따던 아가씨들 어디로 갔나/정든 사람 정든 고

건봉사 봄 전경(조명암 작사가 노래비가 있다)

향 잊었단 말인가"라는 1절 가사로 유명한 노래 〈고향초〉는, 1970년대에 매력적인 굵은 톤의 저음가수로 〈석별〉〈고별〉〈망향〉〈봄날은 간다〉를 불러 전국의 가요팬들을 매료시켰던 가수 홍민 씨가 리바이벌해 불러서 더욱 널리 알려졌다. 그리고 〈세상은 요지경〉도 가수 신신애 씨가 리바이벌해 불러서 유명해졌다.

그러나 통한의 한국전쟁이 발발하는 바람에 금강산 아래 건봉사와 깊은 인연을 맺고 살았던 조명암 씨는 북한땅에 남게 되었고, 그는 북한정권을 위해 음악적으로 많은 공로를 세웠다. 그래서 한국전쟁이 끝난 1953년 이후에는 함부로 이름을 말할 수 없는 금기의 작사가가 되고 말았다.

이제 휴전 60주년이 지나가고 있다.

지금은 우리의 K-POP 가수들이 전세계에서 한류 바람을 일으키고 있고, 가수 싸이가 〈강남 스타일〉로 하루 아침에 국제적인 가수가 되어 지구촌을 종횡무진으로 이동하면서 우리 한민족의 흥과 끼를 마음껏 발산하는 세상이 되었다.

시대를 잘못 태어난 우리의 천재 작사가이자 시인인 조명암의 이름을 이제는 역사 속에서 불러내어도 좋지 않을까? 특히 2013년은 일제 식민지 시대의 3대 천재 작사가인 조명암, 박시춘, 손목인 선생의 탄생 백주년이다.

이제는 예술가들의 탁월한 예술적 업적을 정치적인 잣대로 예단하는 근시안적인 시각을 과감히 버리고, 오직 예술로만 평가하는 포용적인 지혜를 발휘해서 불행했던 과거와 진정으로 화해할 때가 되지 않았을까?

소똥령 관대바위

소똥령 마을

소똥령 마을의 본래 명칭은 소동령이다. 작은 소(小) 동녘 동(東) 고개 령(嶺). 동쪽에 있는 작은 고개라는 의미이다. 진부령고개가 지금처럼 큰 도로가 되기 전에 이 마을 사람들은 장신리 계곡을 따라 진부령 정상으로 이어지는 작은 길인 소동령을 따라 인제 쪽으로 넘어갔다. 그러나 지금 이 길은 삼림청에서 관리하는 삼림자원이 되었기 때문에 일반인들은 마음대로 출입할 수 없는 잊혀진 옛길이 되고 말았다. 그 대신 이 마을은 진부령의 친환경 마을로 개발되어 여름휴가철이면 관광객들이 많이 찾아오는 민박촌으로 바쁘게 살고 있다.

소똥령 아래 장신리 유원지

04

해당화 핀 바닷가에서
취선이 된 송강

금강산을 내려와 동해의 바닷가로 들어온 송강은 술을 마시고 거나하게 취한 몸으로 말을 몬다.

「관동별곡」에는 그 당시 송강의 모습이 이렇게 묘사되어 있다.

> 명사에 익숙한 말이 취선을 비스듬히 싣고
> 바다를 곁에 두고 해당화로 들어가니
> 백구야 날지 마라 네 벗인 줄 어찌 아느냐

장쾌한 동해의 경치에 반한 위대한 시인은 흥에 겨워 도저히 술을 마시지 않을 수 없었으리라. 그러나 술을 마신 송강의 마음속엔 과연 즐거움만 가득했을까?

조선 5백 년 동안 수많은 선비와 시인들이 술을 좋아하고 풍류를 즐겼지만, 송강 정철만큼 술을 좋아하고 술에 얽힌 사연이 많은 사람도 없을 것이다. 심지어 선조 임금은 술을 너무나 지나치게 마시는 송강이 걱정스러워 작은 은잔을 직접 하사하면서 "하

화진포 명사 십리 해변

루에 이 잔으로 한 잔 이상은 마시지 마라"고 신신당부할 정도였다. 그런데도 그는 유명한 권주가인 「장진주사」를 직접 창작해서 부를 정도로 술을 즐겼다. 송강은 장진주사에서 이렇게 노래했다.

　　한 잔 먹세그려 또 한 잔 먹세그려 꽃 꺾고 산 꺾어 놓고 무진무진 먹세그려
　　이 몸 죽은 후에 지게 위에 거적을 덮어 메어 가나
　　곱게 꾸민 상여를 타고 만인이 울며 따라가나
　　억새와 떡갈나무숲에 한 번 가기만 하면
　　노란 해와 하얀 달이 뜨고 가랑비와 함박눈이 내리며 회오리바람이 불 때
　　그 누가 한 잔 먹자고 하겠는가
　　하물며 무덤 위에 원숭이들이 휘파람 불 때
　　뉘우친들 무슨 소용이 있으리

　송강이 평생토록 술로 인해 수많은 실수를 하고 수많은 낭패를 당하면서도, 결국 술을 끊지 못했던 진정한 이유는 과연 무엇일까? 여기에는 속 깊은 사연이 있다.
　한때는 대궐을 마음대로 출입하면서 장차 임금이 될 왕자와 공주들과도 스스럼없이 소꿉동무가 될 정도로 호의호식했던 명문대가의 막내아들이었던 송강이 온 집안이 망하는 비극적인 순간을 두 눈으로 직접 목격한 것은 겨우 열 살 때였다.
　자신을 가장 사랑하던 큰형은 심하게 고문을 당하다가 모진 매

를 이기지 못해 그만 목숨을 잃었고, 둘째형과 셋째형은 목숨을 부지하기 위해 각각 순천과 해주로 도망가는 신세가 되었다. 매형마저도 죽임을 당해 작은누나는 졸지에 과부가 되고, 아무 영문도 모르는 나이 어린 송강은 부모를 따라 낯설고 물설은 함경도 정평과 경상도 영일로 갑자기 유배를 떠나야 했다.

왕실의 로얄패밀리에서 갑자기 역적의 후손이 되어 끝도 모르는 나락으로 떨어진 어린 송강은 얼마나 엄청난 충격을 받았을까? 그때 송강의 나이 불과 열 살이었다.

송강의 부친인 정유침은 너무나 상심해서 송강에게 학문을 가르칠 엄두조차 낼 수 없었다. 마치 롤러코스트를 타고 천당과 지옥을 오가는 것처럼 엄청난 신상의 변화를 겪은 어린 송강은 16세가 되던 명종 6년(1551년)에야 겨우 귀양살이에서 풀려날 수 있었다. 그러나 한양에서 갖고 있던 모든 것을 잃고 병까지 얻어 크게 낙심한 정유침은 고향인 고양시 덕양구 신원동으로 돌아가지 않는다. 죽산 안씨인 아내와 송강을 데리고 머나먼 전라도 담양 땅 창평 당지산 아래 지실마을로 들어가 버린 것이다.

아무 영문도 모른 채 그저 낯선 곳에서 모진 유배생활을 6년이나 한 송강은 어느새 16세의 사춘기 소년이 되어 아무 친구도 없고 한양과는 너무도 먼 전라도 시골로 내려가게 된 것이다. 인생에서 가장 꽃 같은 나이에 이미 세상의 우여곡절을 모두 겪고 가슴이 온통 만신창이가 되어 버렸으니, 그의 마음은 얼마나 막막하고 또 쓸쓸했을까?

게다가 송강은 집안에서 가장 귀여움을 받던 막내둥이였다. 의

지할 형제들이 하나도 없는 낯선 시골에서 비통한 심정으로 하루
하루를 침울하게 보내던 송강은, 결국 순천에 숨어 살던 작은형
이 너무나 그리워 그를 만나기 위해 집을 나선다.

　무더운 여름에 먼길을 떠난 송강은 담양군 남면 지곡리 지실마
을 부근을 지나가다가 성산 아래를 흐르는 자미탄이란 개울을 보
자, 땀을 식히고 더위도 피하기 위해 옷을 훌훌 벗고 물 속으로
첨벙첨벙 뛰어들었다. 송강이 실로 오랫만에 세상의 시름을 잠시
잊고 철없는 사춘기 소년으로 돌아가 맑은 물 속을 흐르는 물고
기들과 어울려 장난도 치면서 벌거벗은 몸을 씻고 있는 그 순간,
자미탄이 한눈에 내려다보이는 언덕 위의 환벽당이란 정자에는
선비 김윤제가 낮잠을 한창 즐기고 있었다. 그때 김윤제는 기이
한 꿈을 꾸고 있었는데, 커다란 용이 자미탄에서 욱일승천하는
기세로 기운차게 노는 꿈이었다.

　잠시 후 눈을 뜬 그는 방금 꾼 용꿈이 하도 생생해서 자미탄을
그윽한 눈길로 가만히 바라보는데, 그 개울에서 어느 소년이 홀
로 몸을 씻고 있는 게 아닌가? 참으로 이상한 꿈이라고 생각한 김
윤제는 급히 하인을 불렀다. 그러고는 개울에서 물놀이하는 소년
을 자기에게 데리고 오도록 한다.

　소년의 입을 통해 그가 한양에서 낙향한 판관공 정유침의 막내
아들이란 사실을 알게 된 김윤제는 송강에게 "순천으로 가지 말
고 자신의 문하에서 글을 배우도록 하라"고 간곡히 권한다. 그 당
시 자미탄 주변에는 김윤제의 환벽당 외에도 그의 사촌조카인 김
성원이 지은 서하당과 식영정 같은 아름다운 정자들이 있어서 호

남의 명망 높은 선비들이 그곳에 모여서 시를 짓고 학문을 닦는 모임이 운영되고 있었다.

　그곳을 자주 찾는 선비들 중에는 퇴계 이황과 무려 12년 동안이나 고담준론을 펼쳤던 고봉 기대승, 호남 유학의 거두인 하서 김인후, 자연을 예찬하는 가사 「면앙정가」를 남겼고 "십년을 경영하여 초가 삼 간 지어내니 나 한 간 달 한 간에 청풍 한 간 맡겨두고 강산은 들일 곳 없으니 둘러두고 보리라"라는 시조로 유명한 면앙정 송순, 강원도 관찰사를 역임했으며 화려하고 낭만적인 시풍을 갖고 있던 석천 임억령, 석천 임억령의 사위이면서 장인을 위해 정자 '식영정'을 짓고 본인은 정자 '서하당'을 짓고는 담양땅 성산 주변의 자연 속에 파묻혀 학문과 풍류를 즐기던 서하 김성원, 호남 시단의 원로인 눌재 박상의 조카로서 송도 3절의 하나인 화담 서경덕의 제자였고 3정승을 모두 역임하며 송강과 조정에서 오랫동안 벼슬살이를 함께했던 사암 박순, 임진왜란 때 의병장이었던 제봉 고경명, 황진이의 무덤 앞에 앉아 "청초 우거진 골에 자느냐 누웠느냐 홍안은 어디 두고 백골만 묻혔나니 잔 잡아 권할 이 없으니 그를 슬퍼하노라"는 낭만적인 시조를 남긴 백호 임제, 대사성을 역임한 송천 양응정 등이 있었다.

　이처럼 기라성 같은 선비들이 모여서 학문의 르네상스를 꽃피우고 있는 자미탄 주변의 정자아카데미는 물론 김윤제의 따뜻한 배려와 훌륭한 지도 밑에서 학문을 닦게 된 송강은 그야말로 일취월장의 눈부신 발전을 거듭했다.

　비록 16세가 넘어서 시작한 때늦은 공부이지만 마치 목마른 식물이 시원한 물을 일시에 빨아들이는 듯이 엄청나게 빠른 속도로 학문을 배워 나갔다. 그 무렵 송강이 얼마나 열심히 학문에 정진했는지 그는 나중에 석천 임억령, 서하 김성원, 제봉 고경명과 함께 '식영정에 있는 네 명의 신선'으로 불릴 정도로 유명해진다.

송강의 이러한 성실한 태도를 높이 평가한 김윤제는 자신의 외손녀인 문화 유씨와 송강을 혼인시키고 재산도 나누어 주는 등 평생에 잊지 못할 큰 도움을 베푼다. 이렇게 해서 경제적인 안정을 찾게 된 송강은 김윤제의 은혜에 보답하기 위해 더욱 열심히 학문에 정진한다. 특히 한양에서 입은 두 번의 사화로 인해 온집안이 망하고 고향을 떠나야 했던 송강은, 쓰러진 가문을 재건하고 옛 영화를 되찾기 위해 절치부심하면서 공부에 더욱 박차를 가하며 그동안 못 배운 한을 풀기 위해 전심전력을 다한다.

드디어 강산도 변한다는 10년 후. 송강은 26세가 되던 명종 16년(1561년)에 진사시에 수석으로 합격하고, 이듬해에는 문과에 장원급제하는 영광을 얻게 된다.

이렇게 해서 와신상담 끝에 자신의 오랜 꿈을 이룬 송강은 어린 시절 자신의 소꿉동무인 명종이 임금으로 있는 한양으로 16년 만에 올라가 대궐에서 관직을 맡게 된다.

당시 임금인 명종은 어린시절 자신의 소꿉동무였던 송강이 각고의 노력 끝에 과거시험에 장원급제해서 어사화를 쓰게 된 것을 알고는 몹시 기뻐했다. 그래서 송강에게 술과 선물을 선사하고, 어사화를 쓴 송강을 자신이 잘 볼 수 있게 경복궁 서쪽 문인 연추문을 통해 출입하도록 명을 내렸다.

하지만 당파싸움에 몰두하고 있던 동인들이 명종의 친구인 송강의 발탁을 곱게 볼 리 없었다. 그를 너무나 시샘하고 질투했기 때문에, 송강은 한동안 제대로 된 관직에 오를 수조차 없었다. 그럼에도 불구하고 송강은 워낙 총명하고 성실했기 때문에 결국 삼사(사간원, 사헌부, 홍문관)의 하나인 사헌부에서 지평으로 벼슬살이를 시작해서 함경도 암행어사와 홍문관 수찬을 거쳐 이조좌랑, 예조좌랑, 지금의 장관급인 승정원 동부승지까지 승승장구한다.

그러나 송강이 세속적인 성공을 거둘수록 그의 마음속에는 또 다른 허전함이 깊어만 갔다. 그것은 인생에 대한 깊은 허망함이었다. 불과 열 살의 어린 나이에 겪어야 했던 피비린내 나는 두 번의 사화, 그로 인한 형제자매들의 잔혹한 죽임과 가문의 돌연한 몰락 등으로 얻은 깊은 상처는, 그의 인생에서 결코 지워지지 않는 평생의 트라우마가 되어 있었다. 세속적인 성공에 대한 덧없음과 인생살이에 대한 허망함을 가슴속 깊이 느끼며 짙은 슬픔을 간직하고 있던 송강은, 자신의 마음을 위로해 주는 평생의 친구로 술을 선택하게 된다.

송강은 자신의 매부이자 왕족이었던 계림군에 대한 사무치는 한을 이렇게 시로 읊었다.

가을비에 황량한 누대 귀신불 새파랗고
낡은 사당엔 주인 없이 풀만 가득하네
세월 가고 해가 바뀌어도 왕손이 품은 한은
우짖는 풀벌레 소리로 밤뜰을 가득 메우네

또한 선조 18년(1585년)에 중봉 조헌이, 모략을 당해 시골에 내려가 있는 송강을 복권시키기 위해 임금에게 다음과 같은 상소문을 올렸다.

정철이 술을 좋아하는 것을 병통으로 여기는 사람들은 그의 심사를 모르고 하는 말입니다.
정철은 일찍이 그의 맏형이 사화에 얽혀 매를 맞아 죽었고, 매부인 계림군은 머리를 깎고 도피했으나 오히려 잡혀 죽었으니……

송강은 이처럼 가슴아픈 가족사 때문에 평생토록 술을 가까이 하면서 가슴속의 처절한 절망과 허망함을 달래야 했던 것이다.
속세를 벗어난 환상적인 선경 같은 고성의 바닷가에서 거나하게 술에 취한 취선이 되어 파도소리 장엄하게 들리는 바닷가를 말을 타고 거닐던 송강. 그를 만나고 싶은 분은 지체없이 화진포로 달려가시기 바란다.

화진포 호수

화진포에서 맺은 사랑

화진포!

꽃이 피는 포구…….

강원도 기념물 제10호로서 동해안 최고의 해안경승지.

금강산을 오르내리던 수많은 시인과 묵객들이 수없이 찬사를 던지며 지나갔던 환상의 포구.

조선 최고의 방랑시인 김삿갓이 수려한 경치를 후손들에게 대대로 알리기 위해 며칠 밤을 머물면서 「화진포 8경」을 남긴 곳.

일제시대에 동해안 최고의 서양인 선교사 휴양촌이 있었고, KBS 드라마 〈타국〉과 송승헌 주연의 한류드라마 〈가을동화〉가 촬영되고, TJB의 〈화첩기행〉이 제작된 곳. 1960년대의 소녀시대였던 이시스터즈가 부른 여름의 명곡 〈화진포에서 맺은 사랑〉의 무대.

화진포는 동해안 최북단에 있는 자연 석호인 맑은 호수와 명사십리로 유명한 해수욕장이 함께 위치한 금강산 초입에 있는 명승지이다. 화진포에 있는 모래는 "눈같이 하얗고, 두 발로 밟으면

화진포 해양박물관

마치 쇳소리처럼 쟁쟁거리는 소리가 난다"라고 이중환이 『택리지』에서 극찬한 명품 모래이다.

　화진포에 가면 해양박물관 주차장에 '관동별곡 8백리 답사일번지 - 고성'이라는 글자가 커다란 자연석에 새겨진 이정표가 수직으로 세워져 있다. 그리고 자연석 아래에는 북한에 있는 총석정부터 남쪽에 있는 월송정까지 동해안에 산재되어 있는 모든 관동팔경이 소개되어 있다.

　필자가 이곳에 '관동별곡 8백리 답사일번지 - 고성'이라는 이정표를 황종국 고성 군수님과 함께 세우기에는 무려 30년이란 오랜 세월이 걸렸다.

　필자는 1976년부터 1979년까지 3년 동안 강원도 최북단을 지키는 동해안 경비사령부에서 근무하였다. 동해안 경비사령부는 금강산이 지척에 보이는 군사분계선과 고성에서 속초, 양양, 강릉, 동해, 삼척으로 이어지는 기나긴 해안선을 경계하는 것이 주요 임무였다. 필자가 화진포에 간 것은 1978년 여름이었는데, 반암리에 있는 88여단의 위병소에서 근무하던 필자가 나팔수가 되기 위한 트렘펫 교육을 받기 위해 간 곳이 바로 화진포였다.

그 당시 화진포는 민간인이 함부로 출입할 수 없는 군사지역이었다.

그래서 화진포에는 장성들과 그 가족들이 여름 휴가철에 해수

이정표 개막식을 마치고

욕을 즐기는 육군휴양소가 있었고, 7번 국도에서 호수로 들어오는 입구에는 이화여대 별장이 있었다. 그리고 이화여대 별장과 해수욕장 사이에 있는 지금의 해양박물관 주차장 자리는 흙먼지 가득한 비포장 마당으로 군인들이 트럼펫을 배우는 교육장이 서 있었다. 그곳에서 한 달 정도 머물며 트럼펫을 배우던 필자는 처음 본 화진포에 완전히 매료되었다.

승천하는 용의 꿈틀거리는 거대한 몸통처럼 북쪽으로 길게 뻗은 백두대간의 우람한 위용.

백두대간에서 흘러내리는 맑은 물과 동해의 푸른물이 함께 빚어낸 둘레가 40리나 되는 거대한 자연호수.

명경 같은 호숫물이 깊은 바다로 흘러가는 동쪽에는 미인의 뽀얀 속살처럼 수줍은 듯 아름다운 자태를 드러내던 명사십리 백사장. 그리고 눈부시게 새하얀 모래사장 주변에 앞다투어 피어난 새빨간 해당화와 짙푸른 그늘을 길게 드리운 운치 있는 해송들.

70만 평이 넘는 드넓은 화진포 호수의 수면 위로 자욱하게 피어오르는 우윳빛 물안개.

금구도 너머 망망대해의 수평선 위로 용광로처럼 뜨겁게 떠오르는 동해의 붉은 태양.

어두운 밤이면 밤바다와 호수 위로 보석가루를 포슬포슬 내려주는 황홀한 은하수. 그리고 그 하늘 아래로 울려퍼지던 가수 김정호의 노래 〈이름모를 소녀〉.

버들잎 따다가 연못 위에 띄워 놓고 쓸쓸히 바라보는 이름모를 소녀/밤은 깊어가고 산새들은 잠들어 아무도 찾지 않는 조그만 연못 속에/달빛 젖은 금빛 물결 바람에 이누나 출렁이는 물결 속에 마음을 달래려고/말없이 바라보다 쓸쓸히 돌아서는 안개 속에 사라진 이름 모를 소녀

화진포에 머물면서 주변의 수려한 풍광에 마음을 송두리채 빼앗긴 필자는 시간이 날 때마다 인근에 있는 우리나라 최북단 등대인 대진등대, 명태의 고장인 거진항의 밤바다를 밝히는 거진등대, 화진포 호수를 내려보고 있는 이승만 별장, 김일성 별장, 이기붕 별장 등을 하나씩 답사하기 시작했다. 그러다가 문득 송강이 「관동별곡」을 쓰기 위해 방문했다는 관동팔경이 보고 싶어졌다. 그래서 어느 날 아야진 해변 옆에 자리잡은 관동

이기붕 부통령 별장(위)과 이승만 대통령 별장(아래)

팔경인 청간정으로 향하게 되었다.

그런데 이게 웬일인가?

청간정으로 들어가는 입구에 웬 초병이 서서 험상궂은 표정과 위압적인 태도로 임휘진 여단장을 모시고 있는 88여단 기수인 나도 출입을 못 하게 막는 게 아닌가?

그때 나는 큰 충격을 받았다.

'관동팔경은 조상들이 대대로 물려준 우리 민족의 커다란 보물이 아닌가? 그런데 이 소중한 조상의 유적지에 군부대가 주둔하고 있다니……. 게다가 관동팔경인 청간정의 출입마저 막고 있다니……. 아무리 군사정권이 권력을 잡고 있는 세상이라지만 이것은 너무 가혹한 일이 아닌가?'

그때 나는 결심했다.

'내가 제대한 후에 언젠가 기회가 오면 송강 정철이 관동별곡을 창작하기 위해 유람했던 이 아름다운 고성의 바닷가를 사람들에게 꼭 알려야겠다…….'

그리고 1979년 가을에 제대를 한 필자는 꼭 30년 후인 2009년 10월 17일. 대단히 감격스럽게도 강원도 고성군 황종국 군수님과 함께 화진포 광장에 커다란 자연석으로 만든 이정표를 세우게 되었다. 그리고 고성에서 삼척 죽서루에 이르는 〈관동별곡 8백리〉 길 코스를 세상에 알리는 행사인 〈제1회 관동별곡 8백리 슬로우 걷기 축제〉를 1주일 동안 개최하게 되었다.

화진포의 포토존인 관동별곡 8백리 자연석 이정표를 보고 나면

황금빛 해수욕장과 맑은 호수를 한꺼번에 조망할 수 있는 '화진
포의 성'으로 올라가 보기로 하자.

많은 관광객들은 "왜 같은 건물을 보고 '김일성 별장'이라고도
부르고 또 '화진포의 성'이라고도 부르는지" 그 이유를 잘 모른
채 그곳을 무심코 방문하곤 한다. 그러나 여기에는 우리 민족을
눈물겹게 사랑한 어느 서양인 선교사 부부의 감동적인 이야기가
숨어 있다.

지금부터 '김일성 별장', 아니 '화진포의 성'에 얽힌 감동의 이
야기를 찾아가기로 하자.

'화진포의 성'은 일제시대인 1937년에 우리나라에서 활동하던
서양인 선교사 닥터 셔우드 홀이 건축한 별장이다. 닥터 셔우드
홀은 연세대학교의 전신인 경신학교를 세운 '언더우드', 배제학
당을 건립한 '아펜젤러'와 함께 우리 민족을 위해 많은 공을 세운
서양인 선교사이자 사랑의 인술을 베푼 헌신적인 의사였다.

일제 식민지 시대에 극동의 변방이었던 조선에 최초로 첫발을
디딘 사람은 캐나다 감리교단의 닥터 셔우드 홀의 아버지인 제임
스 홀과 어머니인 로제타 홀이었다. 1891년에 조선에 들어와 인
천, 서울, 평양을 오가며 수많은 조선인들을 위해 열심히 헌신한
제임스 홀이 사망한 후엔, 조선에서 태어난 셔우드 홀이 그의 부
인인 메리언 홀과 함께 1940년에 일제에 의해 해외로 추방될 때
까지 우리 민족을 위해 헌신적으로 활동한다.

지금은 서울 마포구에 있는 양화진의 외국인 묘지에 고이 잠들
어 있는 이들 4명이 일제의 식민지배 속에서 허덕이는 우리 민족

을 위해서 활동한 내용은 참으로 대단하다. 누구보다도 식민지 조선에서 가장 소외된 사회적 약자들을 돕기 원했던 닥터 홀 일가는 그 당시 조선 사회의 가장 밑바닥에서 소외된 약자였던 맹인, 결핵환자, 여성들과 아이들에게 큰 사랑을 베풀었다.

그들은 '한반도 최초의 결핵요양원'을 황해도 해주 구세병원에 지었고, 뉴욕에 있던 본부의 허락을 얻어 남대문 형상을 문양으로 한 '우리나라 최초의 크리스마스 씰'을 발행했고, '최초의 여의사'인 박 에스더를 교육시켰다. 그리고 조선 여성들의 열악한 의료활동을 지원하기 위해 경성여자의학전문학교를 세우고, 그 분원을 인천에 설립하여 나중에 인천기독병원과 인천간호보건전문대학은 물론이고 고려대학교 의과대학이 발전하는 기틀을 놓아주었다. 조선 여성들의 건강을 돌보기 위해 지금 이대부속병원의 전신인 동대문부인병원도 운영하였다.

특히 1893년 11월에 경성에서 태어나 조선인을 그 누구보다도 이해하고 사랑했던 닥터 셔우드 홀은 조선인의 목숨을 위협하는 최대 전염병인 결핵을 퇴치하기 위해 헌신했고, 결국 '조선 결핵환자의 대부'로 존경받았다.

이처럼 일제 식민지였던 조선에서 많은 어려움을 겪고 있던 사회적 약자들을 위해 헌신적인 삶을 산 푸른 눈의 성자 닥터 셔우드 홀이 화진포에 별장을 지은 것은 일제의 식민지배가 한창 극성을 부리던 1937년이었다.

서양인 선교사들의 집단 휴양촌인 화진포를 방문한 닥터 셔우드 홀 부부는 동해 바다와 화진포 호수를 한눈에 내려다볼 수 있

'푸른 눈의 성자' 닥터 셔우드 홀의 별장인 화진포의 성. 김일성 별장이라고도 불린다.

는 푸른 소나무가 우거진 나지막한 언덕배기에 집을 짓기로 결정했다. 그들은 독일인 건축가인 베버 씨에게 설계를 맡겼다. 베버 씨는 자신의 고향인 라인강변에 있던 고성을 모델로 해서 설계를 했고, 이러한 이유로 이 집은 그후에 '화진포의 성'으로 불리게 되었다. 그 당시 화진포에서 가장 멋지고 유명한 건물이었던 '화진포의 성'은 닥터 셔우드 홀이 일제에 의해 강제 출국되기 전까지 여름 별장으로 사용되다가, 1940년 이후에 해방될 때까지는 서양인 선교사와 마을사람들을 위한 예배당으로 사용되었다.

이처럼 우리 민족을 위해 대를 이어가며 헌신한 푸른 눈의 성자들의 고귀한 혼과 정신이 깃든 귀중한 유적지가 종교의 자유를 금지하는 김일성의 소유로 넘어가게 된 것은 1945년 해방된 이후였다. 해방이 되고 나서 이곳이 공산치하인 북한땅이 되자 일찌기 스위스의 루체른 호수를 연상시키는 화진포의 명성을 들은 김일성은 '화진포의 성'을 강제로 뺏어 그만 자신의 별장으로 만들어 버렸다. 김일성은 1948년부터 1950년까지 처 김정숙, 아들 김정일, 딸 김경희 등의 가족과 함께 '화진포의 성'에서 여러 차례 휴양을 했었다.

그후 1953년 7월 27일. 3년여 동안 계속되던 한국전쟁이 중단되고 휴전이 성립되자 다행스럽게도 화진포는 수복이 되어 대한민국 땅이 되었다. 그러나 전쟁 이후에 폐허가 된 대한민국을 다시 재건하고 절대가난에서 벗어나기 위해 앞만 바라보고 뛰기에만 바빴던 사회적 여건 때문에, 닥터 셔우드 홀과 그의 부모들이 이 땅에 남긴 감동적인 이야기는 시나브로 잊혀져 갔고 '화진포의 성'의 역사적 가치도 망각 속으로 사라져 갔다.

지금은 우리가 UN을 통해서 세계 각국에 원조를 주고, 또 우리의 젊은이들이 KOICA를 통해 아프리카나 동남아의 오지로 들어가서 의료봉사를 할 정도로 국력이 커졌다. 그러나 백여 년 전의 우리나라는 동아시아에서 가장 못사는 세계의 변방이었다.

그처럼 어렵고 힘들 때에 한반도로 들어와 조선에서 가장 열악한 환경에 방치되어 있던 사회적 약자였던 어린이와 여자와 맹인과 결핵 환자들을 위해 아낌없이 헌신한 '푸른 눈의 성자' 닥터 셔우드 홀을 생각하면서 '화진포의 성'을 천천히 둘러보자.

'화진포의 성' 관광을 끝낸 후엔 화진포 호숫가에 위치한 이승만 초대 대통령 별장도 꼭 방문하기로 하자.

이승만 초대 대통령이 화진포를 방문한 것은 조선이 일본 식민지로 막 전락하던 1910년이었다. 그 해에 미국 유학을 끝내고 서양인 선교사를 만나기 위해 고성으로 들어온 이승만 박사는 화진포의 수려한 풍광을 보고 한눈에 빠져들었다.

그후 미국으로 건너가 항일독립운동에 헌신하다가 해방 후에 대한민국의 초대 대통령이 된 이승만 대통령은 고성이 38도선 이북의 북한땅이 되는 바람에 그리운 화진포를 오랫동안 찾지 못했다. 그러다가 한국전쟁 중에 우리 국군이 이곳을 수복해서 대한민국 영토가 되자, 이승만 대통령은 옛날 서양인 선교사 집이 있던 곳에 자신의 별장을 지었다.

'화진포의 성'에서 3km 떨어진 곳에 위치한 이승만 별장은 1954년부터 사용하다가 1961년에 철거되었다. 그후 1999년에 육군에서 다시 복원하여 일반 관광객들에게 개방되었다.

화진포 관광이 끝나면 화진포에서 대진항을 거쳐 금강산 콘도까지 이어지는 〈관동별곡 8백리 제1코스〉를 꼭 답사하기 바란다.

이 길은 걷거나 자전거를 타면서 고성의 최북단에 있는 호젓한 바닷가를 마음껏 즐길 수 있는 대단히 아름다운 길이다.

대한민국 최북단의 걷기 코스인 이 길을 걷다 보면, 〈섬집아기〉 노래에 나오는 소박한 가사가 입에서 저절로 흘러 나온다.

　엄마가 섬그늘에 굴 따러 가면
　아기가 혼자 남아 집을 보다가
　바다가 불러주는 자장 노래에
　팔 베고 스르르르 잠이 듭니다.

　아기는 잠을 곤히 자고 있지만
　갈매기 울음소리 맘이 설레어
　다 못 찬 굴바구니 머리에 이고
　엄마는 모래길을 달려 옵니다.

이흥렬이 작곡하고 한인현이 작사한 〈섬집아기〉는 화진포 북쪽에 있는 함경남도 원산의 명사십리 해수욕장을 배경으로 창작된 노래이다. 나라 잃은 식민지 조선의 슬픈 청년이었던 한인현이 6·25 전쟁을 피해 동해 남부선의 최남단이 항도 부산에서 작사한 이 노래를 화진포 명사십리 해수욕장에서 한번 불러 주시기 바란다.

원래 이 길은 필자가 이곳에서 군복무를 하던 30여 년 전만 해도 해안 철책선을 지키던 초병들의 순찰로였다. 그래서 민간인들은 쉽게 접근하지 못했으나 지금은 자유롭게 개방이 되어서 관광객들이 자유롭게 걸을 수 있는 〈관동별곡 8백리 제1코스〉가 될 수 있었다.

화진포에서 해안선을 따라 북쪽으로 발길을 돌리면 만나게 되는 첫 번째 동네가 바로 초도항이다.

사실 항구라기보다는 아주 조그만 바닷가의 포구라는 말이 더욱 잘 어울리는 이곳은 해마다 성게축제를 여는 곳으로 유명하다. 그래서 캐릭터인 성돌이가 바닷가에 세워져 있다.

그런데 그 옆을 보면 해녀 형상을 한 동상이 하나 더 서 있고, 그 동상 아래에는 노랫말이 새겨져 있다. 노래의 제목은 〈화진포에서 맺은 사랑〉이고 노래가사는 다음과 같다. 참으로 아름다운 가사이기에 2절까지 소개한다.

황금물결 찰랑이는 정다운 바닷가
아름다운 화진포에 맺은 사랑아
꽃구름이 흘러가는 수평선 저 너머
푸른 꿈이 뭉게뭉게 가슴 적시면
조개껍질 주워 모아 사랑을 수놓고
영원토록 변치 말자 맹세한 사랑

▲ 초도항
◀ 화진포에서 맺은 사랑
노래비(가수 이시스터즈)

은물결이 반짝이는 그리운 화진포
모래 위에 새겨 놓은 사랑의 언약
흰 돛단배 흘러가는 수평선 저 멀리
오색 꿈이 곱게곱게 물결쳐 오면
모래섬을 쌓아 놓고 손가락 걸고
영원토록 변치 말자 맹세한 사랑

이 노래를 부른 가수는 60년대와 70년대 초에 걸쳐 대단한 인기를 누리던 여성 트리오 '이시스터즈'이다. 특히 이시스터즈는 동해와 연관된 노래를 불러서 유명했는데, 〈울릉도 트위스트〉와 〈화진포에서 맺은 사랑〉이 널리 알려져 있다.

2009년에 개최한 〈제1회 관동별곡 8백리 걷기 대회〉 때 〈화진포에서 맺은 사랑〉의 가수인 이시스터즈를 꼭 초대하고 싶었던 필자는, 이시스터즈의 막내가 안양에 살고 있는 것을 가까스로 알아냈고 결국 첫 행사 때 그 분을 초청해서 〈화진포에서 맺은 사랑〉 노래공연을 특별 프로그램으로 진행시켰다. 그때 가수로 활동하는 따님과 함께 화진포를 방문했던 그 분의 감격 어린 눈물과 떨리던 음성이 아직도 귓가에 생생하다.

원래 이시스터즈의 초대 멤버는 김천숙, 이정자, 김희선 세 여성 가수였다. 1962년에 박선길 작곡가의 지도 아래 여성 걸그룹 '이시스터즈'를 결성하고 미8군에서 활발히 활동하다가, KBS 노래자랑에 나가서 2등으로 입상하면서 더욱 유명세를 탔다.

이때부터 그녀들의 전성시대가 열렸는데 지금의 '소녀시대' 못

지 않은 인기를 누리며 전국을 다녔다. 이시스터즈의 인기곡으로
는 그 유명한 〈울릉도 트위스트〉와 〈서울 아가씨〉 〈화진포에서 맺
은 사랑〉 등이 있다.

우리나라 걸그룹의 역사는 해방되기 전인 1930년대까지 올라
간다. 〈목포의 눈물〉로 유명한 이난영 씨가 자신의 딸과 조카들까
지 훈련시켜서 1939년에 '저고리 시스터즈'라는 정감 어린 이름
의 우리나라 최초의 걸그룹을 탄생시킨 것이다.

민요가수인 이화자와 〈오빠는 풍각쟁이〉의 박향림까지 합류한
'저고리 시스터즈'의 활약상은 지금 생각해도 참으로 대단했다.
그들은 6·25 전쟁의 와중에서도 임시 수도인 부산을 오가면서
노래를 불렀고, 1959년에는 미국에까지 진출해서 그 어렵다는 빌
보드 차트에도 들어갔다. 이렇게 해서 한국 여성들의 음악성이
해외에까지 알려지게 되었다.

1960년대에는 우리 대중 음악계에 제1차 걸그룹 전성시대가
찾아오게 된다. 먼저 〈검은 상처의 부루스〉를 히트 시킨 김치켓,
번안곡인 〈새드무비〉를 히트시킨 정시스터즈, 작곡가 이봉조 씨
의 부인인 가수 현미 씨가 함께 노래 불렀던 현시스터즈, 가수 윤
복희 씨가 같이 노래했던 여성듀엣 투 스퀴럴스와 여성 트리오
코리언 키턴즈가 있었다. 그리고 1962년에 이시스터즈가 혜성처
럼 등장했는데, 수년 후에 멤버 중에서 이정자 씨가 나가고 김상
미 씨가 합류해서 함께 활동했다. 지금 이수만 씨의 SM, 박진영
씨의 JYP, 양현석 씨의 YG에서 많은 걸그룹들을 기획해서 K-
POP 한류 바람을 일으키고 있는 것도 이러한 선배들의 노력과

공덕이 쌓인 결과가 아닐런지?

초도항을 방문해서 화진포 해수욕장을 바라보면서 〈화진포에서 맺은 사랑〉을 듣고 싶은 분은 해녀 동상 아래쪽에 있는 빨간색 버튼을 누르면, 지금 들어도 전혀 손색이 없을 정도로 세련되고 흥겨운 노래가 동해의 푸른 파도를 배경으로 흘러나올 것이다.

초도항을 지나 해안선을 따라 북쪽으로 계속 걸어가면 동해안 최북단인 현내면 소재지가 있는 대진항이 나온다.

대진항은 대한민국 가장 북쪽에 있는 황금어장인 저진어장과 근접해 있기 때문에, 남한과 북한 사이의 바닷속을 자유롭게 오가는 동해안에서 가장 싱싱한 자연산 수산물을 손쉽게 구입할 수 있는 고성의 보배 같은 항구이다. 아침 일찍 대진항에 나가면 대한민국 최북단의 무공해 자연어장답게 금강산에서 흘러내린 맑은 물속을 자유롭게 헤엄치던 싱싱한 생선들을 경매로 구입하는 장면을 볼 수 있다.

대진항에는 이곳의 선원들이 단골로 애용하는 숨은 맛집이 하나 있다. 이곳에서 태어나서 자란 초등학교 동창부부가 알콩달콩 함께 운영하는 이 식당은 메뉴가 고정되어 있지 않다. 왜냐하면 바다에서 많이 잡히는 생선의 종류가 계절에 따라 다르고, 또 아침마다 잡히는 생선도 그 전날 바다의 상황에 따라 매일 달라지기 때문이다. 그래서 이 집에 들어서면 무엇보다도 먼저 그날 아침에 무슨 생선이 많이 잡혔는가를 물어본 다음에 식사 메뉴를 결정하는 것이 현명하다. 독자들께서 좀더 싱싱하고 맛있는 식사

동해안 최북단 항구인 대진항

를 하시려면 메뉴 선택권을 고집하지 마시고 부두식당의 안방마님에게 양보하시면 더욱 싱싱한 어촌의 식사를 드실 수 있다.

필자가 2011년에 〈제3회 관동별곡 8백리 걷기 축제〉에 참석한 정운찬 전 국무총리를 모시고 부두식당에 들렀던 적이 있다.

정운찬 전 총리는 고려의 충신이었던 포은 정몽주의 후손이다. 그런데 송강 정철 역시 포은의 후손이다. 이러한 인연으로 송강 대종중의 회장을 역임했던 정일(정의택) 회장과 정운찬 전 총리가 방배동의 아담한 와인바에서 처음 만났다. 정운찬 전 총리가 국무총리직을 그만두고 나서 얼마 지난 뒤였다.

정일 회장은 우리들이 추진하고 있던 〈관동별곡 8백리 걷기대회〉가 박세직 위원장의 별세 후 힘겨운 고비를 맞게 되자, 이를 해결하기 위해 정운찬 전 총리에게 (사)세계걷기본부의 이사장을 맡기고 싶어 했다. 그렇게 해서 2010년부터 이사장으로 취임한 정운찬 전 총리는 2011년 봄에 개최한 〈제3회 관동별곡 걷기대회〉에 참석하기 위해 동반성장위원장이란 바쁜 직책을 맡고 있는 와중에도 1박 2일의 일정을 내어 고성을 방문한 것이다.

첫날 저녁에 금강산 콘도에 여장을 푼 정운찬 전 총리 일행은 저녁식사를 하기 위해 부두식당으로 향했다. 주변의 많은 사람들은 고성을 최초로 방문하는 전 국무총리를 좀더 잘 모시기 위해 으리으리하고 화려한 식당을 추천했지만, 나는 바다에서 힘들게 생계를 유지하는 뱃사람들이 평소에 식사를 하는 소박하지만 실속 있고 속이 알찬 어촌의 음식을 맛보게 하고 싶었다. 그래서 여러 사람들의 반대를 무릅쓰고 나는 대진 부둣가의 조그만 부두식

대진항에서 출항하는 어선들

당으로 정운찬 전 총리 일행들을 모신 것이다. 그날 부두식당에서 저녁식사를 끝내고 무척이나 만족스러워 한 정운찬 전 총리는 다음과 같은 솔직한 덕담을 써주고 자리에서 일어났다.

맛있는 음식과 후한 인심이 국가의 품격을 높여 줍니다.

2011년 5월 28일
(전)국무총리 정운찬

그곳에서 식사를 하게 되시는 분은 부두식당의 벽에 붙어 있는 정운찬 전 총리의 덕담을 한번 읽으면서, 송강의 후손이 4백여 년 후에 〈관동별곡 8백리〉 길을 걸으면서 남긴 소회를 함께 느껴보시기 바란다. 이 또한 이번 여행의 색다른 재미가 되지 않을까?

대진항의 주요 관광지는 단연코 대진등대이다!

대진항의 가장 북쪽 언덕 위에 푸른 하늘을 향해 하얀 기둥처럼 우뚝 솟아 있는 대진등대는 낭만과 비장함을 동시에 갖고 있는 야누스의 얼굴 같은 곳이다.

필자가 이곳에서 군생활을 하던 30여 년 전에는 대한민국 최북단 등대인 대진등대가 위치하고 있는 이곳에 민간인 통제구역 검문소가 있어서 민간인들은 더이상 북쪽으로 갈 수 없는 금단의 구역이었다. 게다가 대진등대의 새하얀 불빛이 동해의 밤바다를

대진등대(동해안 최북단 등대)

향해 일렬로 비추는 그 선이 바로 어로한계선이어서 고성의 어선들은 대진등대 북쪽으로 단 한 뼘도 올라갈 수 없었다. 그러나 지금은 어로한계선이 좀더 북쪽인 북위 38도 33초로 올라가고 새로운 어로한계선을 가리키는 저진 무인등대가 해안에 설치되면서 대진등대는 예전의 비장함은 사라지고, 이제는 영국민요 〈등대지기〉에 나오는 것 같은 낭만의 최북단 유인등대로 돌아왔다.

> 얼어붙은 달그림자 물결 위에 지고
> 한겨울에 거센 파도 모으는 작은 섬
> 생각하라 저 등대를 지키는 사람의
> 거룩하고 아름다운 사랑의 마음을

특히 2013년은 대진등대가 불혹의 나이인 40주년이 되는 뜻깊은 해가 되니, 꼭 한번 대진항의 랜드마크인 대진등대를 방문해 보기를 강추한다.

대진등대 사진을 멋지고 예쁘게 찍고 싶은 분은 대진등대 남쪽에 있는 대진항 쪽이 아니라, 대진등대 북쪽에 있는 마차진 해수욕장 쪽에서 찍는 것이 훨씬 더 좋다. 대진항에서 대진등대를 지나자마자 만나는 해수욕장이 바로 마차진이다.

마차진 관광의 중심은 금강산 콘도 바로 앞바다에 위치한 무송정이다. 이 섬은 소나무가 무성하게 우거져서 예전에는 송도라고도 불리었다. 그런데 조선시대에 무송부원군 윤자운이 관동팔경을 보러 왔을 때 풍광이 아름다운 이 섬에서 오래도록 머무르다

간 후에, 이 섬을 무송정이라고 부르고 있다.

예전에는 바닷물이 불어나면 섬이 되고 바닷물이 줄어들면 다시 모랫길로 육지처럼 걸어서 들어갈 수 있었으나, 지금은 모래가 많이 쌓여서 육지와 붙어 버렸다.

섬 주변에는 해산물이 풍부해서 해녀들이 즐겨찾았고, 섬 안쪽으로 들어가면 용왕에게 치성을 드리던 당산나무가 우람하게 서 있다. 그러나 지금은 군사보안상의 문제로 해수욕객들이 출입할 수 없도록 군부대에서 통제하고 있다. 비록 무송정 안으로 들어갈 수는 없지만 '사랑의 허쉬 초콜릿'을 닮은 아름다운 섬을 바라보는 것만으로도 기분이 좋아질 것이다.

필자가 이곳에서 군복무를 할 때는 무송정 안에 해안을 방어하는 진지가 있었다. 그래서 일몰 때부터 다음날 아침 일출 때까지 밤을 꼬박 새우며 탄알 105발이 장전된 M16소총을 들고 해안선 경비를 해야 했다.

이곳은 옛부터 해산물이 풍부한 곳이어서 해녀들이 주변 바다에 물질을 하기 위해 자주 나타났다. 그래서 한국전쟁이 끝난 뒤 아직 혼란할 때에 이곳을 지키던 어느 선배 병사와 해녀 사이에 사랑이 싹트게 되었고, 나중에 이곳에서 군복무를 모두 끝낸 그 병사는 해녀와 맺은 사랑을 이루기 위해 그녀와 함께 자신의 고향으로 내려갔다고 한다. 필자는 동해안 최북단의 아름다운 사랑의 섬 무송정에서 맺은 그들의 옛사랑을 생각하면서 무송정 입구 해변에 세워진 녹색 철책에 예쁜 자물쇠를 걸었다.

동해안을 방문한 여행객들이 자유롭게 왕래할 수 있는 가장 북

쪽 길은 〈관동별곡 8백리 길 제1코스〉가 시작되는 무송정이다. 사실 무송정 북쪽에는 민간인 통제검문소가 있어서 까다로운 절차를 거치지 않으면 더이상 북쪽으로 올라갈 수 없다. 그러나 우리는 그 까다로운 절차와 기다리는 수고를 감수하고서라도 더 북쪽으로 올라가야 할 이유가 있다. 그것은 바로 그곳에 우리 민족의 영산인 금강산과 관동팔경인 삼일포가 있는 해금강을 가장 지척에서 볼 수 있는 '통일전망대'가 있기 때문이다.

무송정이 있는 금강산 콘도를 출발해서 마차진 해변을 따라 대진등대와 대진항구를 지나 초도항과 화진포로 이어지는 〈관동별

금강산 콘도와 무송정

곡 8백리〉길은, 대한민국 최북단의 걷기 길이라는 상징성을 살리기 위해 모든 코스가 해변을 따라갈 수 있도록 구성되어 있다.

무송정의 녹색 철책 위에 사랑을 기원하는 소망의 자물쇠를 함께 걸고 동해안 최북단 해수욕장인 마차진 해수욕장의 해안 풍광을 감상하면서 언덕 위의 하얀집을 연상시키는 대진등대를 방문하고, 그곳에서 대진항구와 대진해수욕장의 파도소리를 들으면서 초도항으로 들어가고, 잠시 후 황금 거북이를 닮은 금구도를 바라보면서 〈화진포에서 맺은 사랑〉을 감상한 뒤에 화진포로 들어가 부드러운 명사를 맨발바닥으로 밟으면서 금강산 줄기를 타고 내려오는 맑은 바람을 가슴 가득히 호흡한다면, 아마도 도시에서 가슴속에 쌓인 수많은 먼지와 티끌들이 한꺼번에 날아가는 청신함을 느낄 수 있지 않을까?

현재 통일전망대가 위치한 곳은 행정구역으로는 고성군 현내면 명호리로서, 필자가 이곳에 있었을 때 북한지역을 관찰하는 716 OP가 있던 최전방 진지였다.

이곳에 통일전망대를 만들도록 지시한 사람은 전두환 대통령이었다. 전두환 대통령의 지시에 의해 국민안보교육장으로 건설된 이곳엔 불교 미륵불상, 성모 마리아 상, 대형 십자철탑이 세워졌고 소리가 십리나 뻗어나가는 대형 범종도 완공되었다.

대형 십자철탑에는 전등줄이 27줄인데 이것은 신약성경 27권

고성 통일전망대

DMZ박물관

을 의미하고, 39m의 높이는 구약성경 39권을 의미하고, 전등수 1,500개는 성경의 전체 장수 1,500개를 의미한다.

통일전망대 아래쪽에는 맑은 물이 시원하게 흐르는 송강계곡이 있어서 여름철엔 군인들의 좋은 휴식처가 되었다. 그러나 민간인들에게 이곳은 함부로 들어갈 수 없는 금단의 구역이다.

통일전망대에 가면 북쪽의 해금강을 배경으로 사진을 찍는 포토존이 있는데, 이곳에 서면 노산 이은상 선생의 수필인 「피어린 육백리」가 생각난다.

50년 전인 1963년에 휴전선 서쪽인 강화도를 출발해서 최동쪽인 고성의 바닷가까지 155마일을 모두 답사한 민족시인 노산 이은상(1903~1982) 선생이, 동해안 최동쪽 끝의 철책선을 지키는 초병들의 만류에도 불구하고 한반도의 허리를 두동강 낸 통한의 휴전선에 대해 울분을 토하면서 북쪽 해변으로 휘적휘적 걸어가는 뒷모습은 우리의 마음을 참으로 숙연하게 한다.

대한민국 최북단에 위치한 고성의 통일전망대에서 떠올려야 할

남고성 통일전망대에서 바라본 북고성 풍경

또 하나의 시는 노산 이은상 선생의 「고지가 바로 저긴데」이다. 분단된 민족의 통일을 갈망하는 이 시의 전문은 다음과 같다.

고난의 운명을 지고 역사의 능선을 타고
이 밤도 허위적거리며 가야만 하는 겨레가 있다.
고지가 바로 저긴데 예서 말 수는 없다.

넘어지고 깨어지고라도 한 조각 심장만 남거들랑
부둥켜안고 가야만 하는 겨레가 있다.
새는 날 핏속에 웃는 모습 다시 한 번 보고 싶다.

21세기의 송강이라고 불러도 전혀 손색이 없을 정도로 국토사랑의 마음을 명문의 기행문으로 남기신 노산 선생께서는 1933년에는 설악산을 고샅고샅 답사하고 난 후에 「설악행각」이란 작품을 남기셨고, 1963년에는 동해안 일대를 답사하고 나서 「산찾아물따라」라는 작품을 남기셨다.

통일전망대에서 금강산과 해금강을 구경하고 남쪽으로 내려오다보면 오른쪽에 〈산학다원〉이란 팻말이 보인다. 아니, 폭설이 많이오고 날씨가 춥기로 유명한 동해안 최북단에 녹차밭이라니? 녹차라고 하면 중국 남쪽에 있는 원난성처럼 따뜻한 곳에서 자라는 아열대성 나무가 아닌가? 한반도에서도 녹차는 따뜻하기로 유명한 전남의 보성이나 경남의 하동, 아니면 더 남쪽에 있는 제주도의 넓은 차밭에서 생산되고 있다. 그러나 대단히 놀랍게도 대한민국 최북단인 강원도 고성의 산학리에도 새파란 녹차밭에서 양질의 녹차가 생산되고 있다.

고성이 고향인 남편과 경남 밀양이 고향인 아내가 함께 대한민국 최북단에 위치한 2천7백 평의 녹차밭에서 정성껏 가꾼 3천6백 주의 녹차나무들이 잘 자라고 있는 야트막한 언덕을 한 바퀴 거닐면서 고성의 정기를 마음껏 느껴 보라. 그리고 방 안에 둘러앉아 금강산의 바람을 맞으며 자란 싱그러운 고성의 녹차 향기를 맡으면서 담소를 나눈다면 여행의 의미가 더욱 남달라질 것이다.

산학다원을 떠나 남쪽으로 내려오면 좌측에 거진항이 있다.

현재 남한의 고성군은 모두 2개 읍과 3개 면으로 이루어져 있는데, 거진항은 거진읍의 중심지이다. 본래 마을 이름이 거진이라고 불려지게 된 유래는 5백여 년 전에 이곳을 지나가던 학문 높은 선비가 이것의 지형이 한자로 클 거(巨)를 닮았다고 해서, 거진이라는 명칭을 얻게 되었다.

거진 앞바다는 한류와 난류가 교차하는 동해 최고의 황금어장으로 명태, 오징어, 가자미, 문어, 꽁치 등의 해산물이 많이 생산되는 큰 항구였다. 그래서 거진항은 인근에 있는 대진항과 함께 최북단의 저진어장에서 남북한의 바닷속을 자유롭게 오가는 싱싱한 자연산 생선들을 아침마다 구할 수 있는 소중한 항구이다.

거진항 주변의 수려한 풍광을 한눈에 조망할 수 있는 최고의 장소는 동네사람들이 성황당이라고 부르는 언덕 위이다. 이곳에 오르면 거진항은 물론이고 저 멀리 반암리의 기나긴 황금해변이 두 눈을 행복하게 만들어준다.

성황당에서 위로 조금만 더 올라가면 거진등대가 나오는데, 이 길은 관동별곡 8백리 코스 중에서 산길을 걸으면서 쪽빛 동해를 발아래로 굽어볼 수 있는 최상의 코스이다. 이 길에 오르면 길 곳곳에 아기자기한 조각작품, 쉼터, 운동기구들이 배치되어 있고 동해의 망망대해를 발아래 조망할 수 있는 팔각정이 세워져 있다.

지난 2009년에 이 코스를 처음 개척하고 7박 8일 동안 관동별곡 8백리 코스인 고성에서 속초, 양양, 강릉, 동해를 거쳐 삼척의 죽서루까지 걷는 행사를 했을 때 화진포 공군부대 앞에서 거진등대까지 걷는 이 길이 가장 환상적인 길로 선정되었다.

명태의 고장으로 유명한 거진읍에서 다양한 생선구이 정식으로 여행객들의 입맛을 돋우는 숨은 맛집을 한 군데 소개하기로 한다. 이 집은 찾기가 비교적 쉽다. 거진읍내로 들어가면 신협건물이 있는데, 바로 길 건너편에 〈함흥식당〉이라는 상호를 단 가게가 있다. 거진 시내에서 20여 년이 넘도록 고성 앞바다에서 잡힌 자연산 생선들을 맛나고 질 좋은 음식과 함께 착하고 양심적인 가격으로 대접한 이 식당에서 식사를 즐긴다면, 그 또한 독자 여러분들께서 공정여행을 실천하는 일이 될 것이다.

이번에는 거진항을 방문한 여행객들이 꼭 찾아가야 할 의미 있는 장소를 한 군데 소개하겠다.

수년 전에 서해에서 천안함 폭침사건과 연평도 피격사건이 일어나는 바람에 많은 국민들이 분노하고 안타까워했다. 그런데 그러한 북한의 도발사건이 이곳 동해안 거진 앞바다에서도 일어났었다.

명태축제가 열리는 항구인 거진항

그때는 1967년 1월 19일이었다.

새해가 되자 전국 각지의 선박들이 만선의 부푼 꿈을 안고 거진 앞바다로 몰려들어 한겨울의 진미인 명태를 잡기 위해 새벽부터 열심히 어로작업을 하고 있었다. 그러자 명태잡이 선박들이 동해안 최북단 어장을 넘어 북한 쪽으로 월선하는 것을 막기 위해 대한민국 해군에서는 53함, 56함, 65함 등을 급파해서 북쪽 바다를 철통같이 경비하고 있었다.

그러자 정오가 거의 다 된 11시 58분에 북한군 해안포대에서 갑자기 기습 포격을 시작해서 56함을 공격해 왔다.

우리 어민들을 보호하는 활동을 하던 중에 갑자기 북한군의 기습 공격을 받은 56함(당포함)은 결국 방향 감각을 잃고는 함체가 90도로 기운 뒤 바닷속으로 가라앉고 말았다.

한겨울의 강추위 속에서도 새해에 만선의 희망으로 들떠 있던 우리 어민들을 보호하기 위해 열심히 임무를 수행하던 우리 해군 장병들은 북한군의 기습 도발로 인해 전사 11명, 실종 28명, 부상 30명의 큰 타격을 입고 말았다.

그후 조국의 거센 바다를 지키다가 안타깝게 산화한 해군 장병들의 충혼을 기리기 위해 거진읍 10리 양지바른 뒷산에 '56함(당포함)전몰장병 충혼탑'을 건립했다. 이곳에서 해군 1함대 사령부는 우리 어민들을 보호하다가 조국의 바다에서 순국한 꽃다운 젊은이들을 추모하기 위해 매년 1월 1일, 1월 19일, 현충일, 국군의 날에 기념행사를 열고 있다.

거진항을 찾는 여행 중에 '56함(당포함)전몰장병 충혼탑'을 찾아가 꽃과 술 한잔을 올리고 고개 숙여 해군 장병들의 영령을 위로하는 묵념을 올린다면, 좀더 뜻깊은 여행길이 되지 않을까?

거진항의 설경

어버이 살아실제 섬기기란 다하여라

송강이 남긴 국문학적 업적 중 하나는, 이 땅에 살고 있는 청소년들의 심성을 순화하는 대단히 교육적인 시조를 특별히 남겼다는 것이다.

백성들이 서로 아끼고 배려해 주는 인정이 넘치는 도의사회를 만들고 싶었던 송강은 강원도 관찰사에 취임하자 먼저 「훈민가」를 지어 백성들에게 보급한다. 총 16수의 연시조인 「훈민가」의 내용을 찬찬히 살펴보면 컴퓨터게임과 인터넷을 즐겨하는 바람에 메마른 인성을 갖게 된 요즈음 청소년들에게도 반드시 들려주고 싶은 교훈적인 내용들이 무척 많이 들어 있다.

어버이 살아실제 섬기기란 다하여라
지나간 후면 애닳다 어이하리
평생에 고쳐 못할 일은 이뿐인가 하노라

아버님 날 낳으시고 어머님 날 기르시니

두 분이 아니시면 이 몸이 생겼을까
하늘 같은 가없는 은혜를 어찌 다 갚으리까

「훈민가」에 나오는 이 두 개의 시조는, 우리 한민족의 자랑스러운 문화유산인 효도에 대해 다시 한 번 생각하게 해주는 짧지만 강력한 가르침을 주는 대단히 좋은 시조가 아닌가?

또 우리 민족의 또 다른 문화유산인 경로정신에 대해 큰 가르침을 주는 교훈적인 시조도 있다.

이고 진 저 늙은이 짐 벗어 나를 주오
나는 젊었거늘 돌인들 무거울까
늙기도 서러운데 짐까지 지실까

이처럼 어르신에 대한 공경과 배려심을 일깨우는 시조 외에도, 형제간에 서로 사랑하고 우정을 나누며 사이좋게 살아야 한다는 것을 가르치는 시조도 있다.

형아 아우야 네 살을 만져 보아라
누구에게서 태어났기에 모습조차 비슷하나
같은 젖을 먹고 자랐으니 딴마음을 먹지 마라

또한 우리 청소년들에게 어린시절부터 정직하고 진실하게 살 것을 당부하는 시조도 있다.

비록 못 입어도 남의 옷을 뺏지 마라
비록 못 먹어도 남의 밥을 뺏지 마라
한번 때가 묻으면 다시 씻기 어려우니

마을사람들아 옳은 일 하자스라
사람으로 태어나서 옳지 못하면
말과 소에 갓과 고깔을 씌워 밥 먹이나 다르랴

또 신라 화랑들의 세속오계에 나오는 가르침인 '붕우유신'을 연상시키는 시조도 있다.

남으로 생긴 중에 벗같이 믿음이 있으랴
나의 그릇된 일을 다 일러 주려 하느니
나에게 벗이 없으면 사람됨이 쉬울까

자신의 잘못된 점을 지적하고 고쳐 주려는 친구에 대한 소중함을 노래한 이 시조는 우리 청소년들에게 친구 사이에 어떤 우정을 나누어야 하는지를 다시 한 번 생각하게 해준다.

또 점점 삭막해지고 야박해지는 세상에서 서로 나눔과 자선의 정신을 실천할 것을 가르쳐 주는 시조도 있다
.

아 저 조카야 밥이 없어 어찌할꼬
아 저 아저씨 옷이 없어 아찌할꼬

힘든 일 다 말하여라 돌보고자 하노라

그뿐 아니라 도박과 같은 사행성 놀이와 재판을 함부로 걸지 말고 법을 잘 지킬 것을 가르치는 시조도 있다.

쌍륙 장기 하지 마라 송사도 하지 마라
집을 망쳐 무엇하며 남의 원수될까 어찌 알까
나라가 법을 세웠으니 죄 되는 줄 모르는가

이처럼 훈민가 16수 속에는 지금의 청소년들에게도 대단히 교훈이 되고 생활에 유용한 시조들이 가득 들어 있다. 특히 송강은 백성들이 쉽게 암송할 수 있는 시조의 형식을 통해 누구나 알아듣기 쉬운 한글로 간곡한 교훈을 전달하기 때문에 더욱 큰 감동을 주고 있다. 게다가 끝맺는 말을 함께 행동할 것을 권유하는 청유형으로 마무리하여 듣는 사람들로 하여금 더욱 많은 공감을 하게 만든다. 이처럼 훈민가 16수를 지은 송강은 본인 역시 대단한 효자였다.

송강은 35세이던 선조 3년(1570년)에 부친상을 당한다. 그러자 그는 모든 일을 중단하고 경기도 고양시 신원동으로 내려가 부친의 무덤 옆에 초가를 짓고 2년여 동안 기거하면서 한 많은 부친의 죽음을 애도한다.

또 38세가 되던 선조 6년(1573년)에 모친상을 당하게 된다. 그는 부친의 무덤 앞에서 시묘살이를 끝낸 지 1년도 채 되지 않았지

송강 정철

만, 곧장 경기도 고양시 신원동으로 내려가서 2년 동안 시묘살이를 한다.

송강이 이룩한 가장 큰 문화적 업적은 뭐니뭐니해도 한글에 대한 크나큰 사랑과 한글의 표현력을 넓힌 것이다. 그 당시 조선의 사대부들은 세종대왕이 창제한 한글을 아녀자나 천민들이 쓰는 글이라고 생각하며 한글을 업신여기고 천대시했다. 그래서 그들은 자신들의 문학 작품을 대부분 중국의 글자인 한자로 표기했던 것이다. 후대의 실학파로 알려져 있는 연암 박지원, 다산 정약용, 초정 박제가 같은 선비들조차도 한글보다 한문을 더 중시했다.

그러한 사대주의적인 조선의 사회 풍토 속에서 송강은 대단히 혁신적이게도 한자가 아닌 순수한 한글로 표기한 많은 문학 작품들을 창작했다. 특히 온갖 외래어가 판을 치고 인터넷을 통한 한글 파괴 현상까지 일어나는 요즈음, 송강의 이러한 한글사랑은 지금 청소년들에게도 커다란 귀감이 된다. 게다가 한글날인 10월 9일이 법정 공휴일로 지정되는 2013년부터는 송강의 이러한 정신이 더욱 새롭게 조명되고 더욱 널리 알려져야 할 필요가 있다.

소설「구운몽」의 저자인 서포 김만중은 자신의 저서인『서포만필』에서 한글 사랑에 대한 송강의 업적에 대해 다음과 같이 극찬했다.

자고로 우리나라의 참된 문장은 송강이 지은 관동별곡, 사미인곡, 속미인곡 이 세 편뿐이다.

송강의 이러한 작품들은 한글의 독특한 운율을 절묘하게 살려서 우리 민족 고유의 정서를 참으로 생동감 있게 묘사했다. 그래서 송강의 「관동별곡」을 들은 수많은 선비들은 마치 독일 괴테의 『이탈리아 여행기』를 읽은 사람들처럼 금방이라도 동해안으로 달려가고 싶은 충동을 느꼈다.

송강의 천부적인 문학적 재능을 잘 보여주는 일화들이 참으로 많다. 그 중에서 몇 가지를 들어 보자.

우선 전라도 담양에서 함께 학문을 닦던 선배인 사암 박순이 원접사라는 벼슬에 있을 때 일화이다.

원접사는 중국 명나라에서 방문하는 사신들을 접대하는 직책이었는데, 그때 송강은 사암 박순을 보필하는 종사관의 업무를 맡고 있었다. 그 당시 33살의 나이였던 송강이 명나라 사신이 보낸 시를 읽고 얼마나 답시를 잘 썼는지, 나중에 나이가 들었을 때 송강은 다음과 같은 글을 남겼다.

나 역시 그 당시 가장 젊은 나이로
붓 휘둘러 종이 백장에 일시에 써내니
후세 사람들 신선의 필치라 불러주었다네

조정에서 우의정을 한 상촌 신흠(1566~1628)은 송강이 시를 지을 때 자신이 경외로운 눈으로 바라본 순간을 이렇게 증언했다.

때로는 반쯤 취하여 잔을 들고 입으로 읊으며 손으로 써서 장시와

단가를 서로 섞어 짓는데, 감칠맛 나는 말이 사람을 휘감아 인간사를
함께 잊어버리고 정신을 상쾌하게 한다.

　내가 여태껏 수많은 사람들을 보았으나 일찍이 이런 풍체와 운치
는 본 적이 없다.

거나하게 취기가 오른 송강이 일필휘지로 즉흥시를 짓는 모습
을 생각해 보면, 가히 '조선의 이태백'이라고 불러야 할 것 같다.

　장유(1587~1638)는 『송강집』에서 즉흥시를 짓는 송강의 천재
성에 대해 다음과 같은 글을 남겼다.

　송강이 시를 지을 때면 대부분 즉흥적으로 지은 것이 많았다.

　그런데도 참으로 뛰어나고 상쾌하여 마치 날아 움직이는 듯했으
니, 뜻밖의 운치와 정취가 있었다. 시를 말하는 이들은 누구나 다 그
의 시를 보배로 여겨, 반드시 세상에 전할 만한 것이라고 감탄하였
다.

그래서 홍만종(1643~1725)은 『순오지』에서 송강의 「관동별곡」
에 대해 다음과 같이 극찬하였다.

　사물을 형상해 낸 묘한 솜씨라던지 말을 만드는 기발한 재주가, 실
로 악보 가운데 절창이다.

그래서 송강의 이러한 작품들이 후대의 사람들을 얼마나 감동

시켰는지를 보여주는 기록들이 상당히 많이 남아 있다.

먼저 청음 김상헌(1570~1652)의 시를 한 번 읽어 보자

청신하기 으뜸인 관동별곡은
악부에 전해오길 벌써 50년
그 문체 그 풍류 아득하여라
세상에 귀양 왔던 신선이었지

김상헌은 「관동별곡」을 지은 송강을 하늘에서 내려온 신선으로
비유할 정도로 그의 작품을 높이 평가했다.

또한 동악 이안눌(1571~1625)은 송강의 작품에 대해 다음과 같
은 시를 남겼다.

강가에 어느 누가 미인사를 부르는고
외로운 배에 달이 지는 이때 서글프라
임 그리는 한없는 마음 이 세상 여인들만 알 뿐이네

우리는 이러한 시들을 통해 송강의 사후에도 오랫동안 「관동별
곡」, 「사미인곡」, 「속미인곡」이 불후의 명곡이 되어 후세 사람들
에 의해 노래로 계속 불려졌음을 알 수 있다.

송강의 시 중에는 우리말의 멋스러움을 자유자재로 묘사하여
듣는 이들로 하여금 탄성을 짓게 만드는 시들이 많이 있다. 그 중
에는 자신의 절친한 친구인 우계 성혼과 주고받은 시가 있다.

송강과 우계는 불과 한 살 차이로 평생 동안 깊은 우정을 나눈 둘도 없는 친구 사이였다.

고양시 신원동에서 이웃사촌으로 살고 있던 어느 날, 우계가 송강에게 이런 시를 선물한다.

말없는 태산이요 태없는 유수로다
값없는 청풍이요 임자없는 명월이라
이 중에 병없는 이 몸이 분별없이 늙으리라

그러자 송강이 다음과 같은 시를 읊으며 우계를 불시에 방문한다.

재 너머 성권롱 집에 술 익단 말 어제 듣고
누운 소 발로 박차 언치 놓아 지즐 타고
아이야 네 권롱 계시냐 정좌수 왔다 하여라

이 얼마나 생동감이 넘치고 자유분방한 창의력이 돋보이는 시란 말인가? 두 사람의 이러한 이야기를 들은 한석봉은 또 다음과 같은 멋진 시를 지어 화답하며 그들의 두터운 우정을 과시한다.

짚방석 내지 마라 낙엽엔들 못 앉으랴
솔불 혀지 마라 어제 진 달 돌아온다
아이야 박주산채일 망정 없다 말고 내어라

한글을 창제한 분은 세종대왕이지만, 한글의 진정한 아름다움을 만천하에 알린 사람은 송강 정철이다. 그래서 그는 '조선의 세익스피어'로 추앙받기에 부족함이 없는 탁월한 시인인 것이다

간절한 그리움의 대상
－동해의 화랑들

금강산을 내려온 송강이 고성의 동해 바닷가로 들어갈 때 신라 화랑에 대한 절절한 그리움을 「관동별곡」에서 이렇게 노래했다.

고성일랑 저만큼 두고 삼일포를 찾아가니.
남쪽 벼랑에 '영랑도 남석행'이란 붉은 글씨가 뚜렷한데.
이 글을 남긴 네 명의 신선은 어디로 갔는가.
여기에 사흘을 머문 후에 또 어디에서 머물렀을까.
선유담 영랑호 그곳에 갔는가.
청간정 만경대 몇 군데에 앉아 놀았는가.

송강은 자신보다 천여 년 전에 고성의 삼일포를 찾아와 '영랑도 남석행'이란 글귀를 바위에 새겼던 옛 화랑들을 그리워하는 자신의 심정을 가슴 절절히 노래했다.

강원도 관찰사였던 송강이 이처럼 신라의 화랑들을 간절히 그리워했던 이유는 무엇일까?

그것은 송강을 포함해서 조선의 선비들이 찾아와 거닐던 이 길은 이미 천여 년 전부터 화랑들이 호연지기를 기르고, 심신을 수련하고, 또 명산대천에서 국가의 안위를 기원하는 제사를 지내기 위해 걷던 유서 깊은 국토순례길이었기 때문이다.

고구려, 백제, 신라 삼국 중에서 가장 늦게 나라를 세웠지만 결국 한반도를 통일한 첫번째 국가가 된 신라에는 화랑이라고 부르는 독특한 청소년단체가 있었다. 신라의 화랑제도는 진흥왕(540~576)이 다스리던 6세기 중엽에 만들어졌다.

한반도 최초의 천년왕국이었던 신라에서 수많은 영웅호걸들을 배출한 화랑들은 동해안을 따라 금강산까지 걸어가는 국토순례 행사를 하나의 신앙처럼 생각했다. 이는 세계에서 그 유래를 찾아보기 힘들 정도로 독특한 청소년문화라 할 수 있다.

『삼국사기』에 보면 다음과 같은 기록이 전한다.

아름다운 용모의 사내를 뽑아서 화랑이라 하고 이를 받드니, 무리들이 구름같이 모여들어 서로 도의를 연마하고 서로 노래와 음악으로 즐거워하고 산천을 돌아다니며 노는데 이르지 않은 곳이 없었다.

이로 인해 그들 중에서 바르고 바르지 않은 이를 알 수 있어 착한 인재를 가리어 조정에 천거하였다.

화랑들에게는 세속5계라는 규범이 있었는데, 다음과 같다.

1. 사군이충
2. 사친이효
3. 교우이신
4. 임전무퇴
5. 살생유택

화랑의 이러한 특이한 문화는 『고려사』와 『세가』 등에도 그 기록이 남아 있다.

예로부터 신라에는 선풍이 크게 유행하였다.
이로 인해 나라와 왕실이 기뻐하고 백성들이 평안하였다.
이러한 이유로 역대 왕들이 오랫동안 선풍을 숭상하였다.

또 신라의 유명한 재상이었던 최치원도 화랑의 선풍에 대해 이렇게 설명했다.

우리나라에 현묘한 도가 있다. 이것을 풍류라고 한다.

또한 김대문이 쓴 『화랑세기』를 보면 이런 기록이 있다.

신라의 어진 재상과 충신들이 모두 화랑에서 나왔다.

울릉도를 정복한 이사부 장군의 부하로서 불과 16세의 어린 나이에 큰 무공을 세운 사다함, 김유신 장군의 휘하에서 17세의 어린 목숨을 아까워하지 않고 단신으로 계백장군이 이끄는 적진으로 돌진하다 목숨을 잃은 김품일 장군의 아들 관창 등이 모두 화랑 출신이었다.

꽃 같은 젊은이들이었던 화랑들 사이에 나라와 본인의 발전을 위해 오랫동안 심신을 수련하는 문화가 얼마나 널리 퍼져 있었는지를 잘 알려주는 돌비석이 지금도 남아 있다. 그것은 '임신 서기석'이다. 여기에 적힌 신라의 두 젊은이의 간절한 소망은 마치 지금 현재를 사는 우리의 청소년들이 보내온 편지처럼 생생하게 읽혀진다.

임신년 6월 16일. 두 사람이 함께 하늘 앞에 맹세하여 쓴다. 지금부터 3년 이후에는 충도를 확실히 하고 과실이 없기를 맹세한다. 그리고 3년 안에 시, 상서, 예기, 춘추전을 모두 학습하기로 한다.

이처럼 신라의 뛰어난 인재들을 배출한 화랑의 독특한 문화였던 선풍의 핵심은 바로 관동팔경을 따라 금강산까지 걷는 동해안 순례행사였다. 13세에서 18세 사이의 청소년집단이었던 화랑들은 망망대해가 한눈에 들어오는 동해안을 따라 걸으면서 심신을 연마하고, 호연지기를 키우고, 미래에 대한 토론을 벌이고, 예술적 감흥을 표현하고, 국가의 무궁한 발전과 번영을 위해 하늘을 향해 제사를 지냈다.

신라 효소왕 시대의 유명한 화랑인 영랑, 술랑, 안상, 남랑은 무려 3천 명의 무리를 이끌고 동해안의 아름다운 해안길을 따라 고성의 유명한 명승지인 선유담, 청간정, 만경대, 삼일포를 방문했다. 이처럼 동해안길은 단순히 경치 좋은 바닷가길이 아니라 이 땅의 청소년들에게 대대로 웅혼한 기상을 심어주는 길 위의 학교였고, 관동팔경은 단순한 동해안의 명소가 아니라 심신을 단련시켜주는 야외수련장이었다. 그렇기 때문에 한반도 유일의 천년왕국인 신라의 뒤를 이어 건국한 고려의 수많은 선비들도 그 길을 찾아갔고, 조선의 수많은 시인과 묵객과 화가들도 그 길을 찾아갔던 것이다. 그래서 조선시대에는 그 길을 찾아가 옛화랑들의 풍류를 다시 한 번 느끼고 대자연의 웅혼한 기운을 받는 것이 선비들의 필수 교양과목처럼 인식될 정도였다.

중세 유럽에도 귀족의 자제들이 유럽 각국의 중요한 유적지를 돌면서 기사로서 성장하는 순례여행인 그랜드투어가 있었다. 하지만 신라 화랑들이 걷던 이 길은 '세계에서 가장 오래된 청소년 순례길'로서 국제적으로 자랑할 만한 우리의 전통문화이자 자손대대로 길이길이 물려주어야 하는 살아 있는 역사이다. 특히 송강이 「관동별곡」을 짓기 위해 방문했던 관동팔경의 최북단인 총석정에서 최남단인 울진의 월송정에 이르는 동해안의 아름다운 길 위에는 화랑과 관련된 이야기들이 대단히 많이 남아 있다.

울진의 월송정은 휘영청 밝은 달밤에 푸른 소나무 사이에서 젊은 화랑들이 서로 기예을 연마하며 즐거운 시간을 보내던 청춘의 열정과 낭만이 함께하던 명소였다. 삼척의 죽서루도 울릉도를 정벌한 신라의 이사부 장군을 모시던 화랑들이 뜨거운 땀방울을 아낌없이 흘리며 호국의 무예를 열심히 닦던 곳이다.

그리고 지금 강릉 비행장 안에 위치한 한송정은 화랑들이 차를 끓여 마시면서 즐거운 다회를 펼치던 곳이고, 속초의 영랑호는 「관동별곡」에도 나오는 유명한 화랑인 영랑이 3천 명의 무리와 함께 머물면서 동해의 호연지기를 기르던 유서 깊은 장소이다.

이처럼 고성의 수려한 바닷가는 옛 화랑들의 이야기가 곳곳에 깃들어 있는 신비로운 곳이기에, 삼일포를 찾아가 깊은 감회에 젖은 송강은 꿈속에서도 그리운 옛 화랑들인 영랑, 술랑, 남랑, 안상을 '네 명의 신선'이라고 표현했던 것이다.

또한 송강은 선풍을 즐기던 옛 화랑들처럼 자신도 대자연 속에서 탈속한 신선처럼 자유롭게 살고 싶다는 희망을 「관동별곡」에서 이렇게 표현했다.

소나무 뿌리를 베고 선잠을 자는데
꿈에 신선이 나타나 나에게 이르기를
그대를 내가 어찌 모르겠는가
그대는 하늘나라의 신선이었다.
황정경 한 글자를 잘못 읽어
인간 세상에 내려와서
우리를 따르는가.

속세를 벗어난 대자연 속에서 신선처럼 유유자적하게 살고 싶다는 바람은 송강의 다른 시에서도 나타난다.

아래에 있는 시는 송강이 33세가 되던 선조 원년(1568년)에 평안도 의주에서 근무할 때 지은 「통군정」이란 시이다.

> 내 바라보노라 저 강을 지나
> 곧바로 송골산에 올라가
> 화표주의 학을 불러서
> 구름 사이에서 더불어 노닐고 싶구나

옛날부터 학은 이상세계와 현실세계를 이어주는 신비로운 새로서 유유자적한 탈속의 경지에 이른 신선을 상징했다.

특히 백의민족인 우리 조상들은 학을 대단히 존경하고 신성시했다. 그래서 선비들은 학을 부르는 악기인 거문고를 사랑방에 두고 즐겨 연주했다. 거문고는 고구려의 악사인 왕산악이 만들었는데 처음에는 현학금이라고 불렀다. 현학금은 '검은 학을 부르는 악기'라는 뜻이다.

또한 선비들은 학의 형상을 닮은 '학창의'라는 옷을 입었고, 검은 갓에 하얀 두루마리를 입은 모습으로 학춤을 즐겨 추었는데, 부산에서는 '동래학춤'이라고 하고 양산과 울산에서는 각각 '양산사찰학춤'과 '울산학춤'이라고 부른다.

그리고 선비들은 사람의 키만큼이나 되는 학을 새끼 때부터 키워서 다 자라면 자신의 학을 데리고 나와 서로 키운 학들을 비교하면서 시를 짓는 모임을 했는데, 이것을 '학시사'라고 한다.

이 세상에서 새와 인간과 예술이 함께하는 품격 높은 이러한 풍

류를 즐긴 민족이
또 어디에 있다는
말인가?

또한 학은 십장
생의 하나로서 옛
부터 무병장수의
상징이었다.

그래서 병 없이
오래 사는 노인들
이 모여사는 살기
좋은 마을에는 푸
른 학이 날아온다
고 해서 그런 곳을
'청학동'이라고 했
다. 특히 지리산
하동에 있는 청학동과 부산 영도구에 있는 청학동은 옛부터 유명
했다.

옛말에 "백학이 천 년을 살면 청학이 되고, 청학이 천 년을 살
면 황학이 된다"라는 말이 있다. 중국에서 '동방의 시카고'로 불
리는 우한시에 가면 삼국지에 나오는 손권이 유비와 전투를 앞두
고 세운 중국에서 가장 높은 누각이 있는데, 이 누각의 이름이 바
로 황학루이다. 그만큼 학은 신비로운 하늘이 보낸 진귀한 새로
알려져서 옛 사람들은 학을 신성하게 생각했다.

서울 강남에 있는 학동과 청계천 변에 있는 황학동의 명칭도 이러한 의미와 관련이 있다. 그래서 송강은 구만리 장천을 유유히 날아오르는 자유로운 학을 부러워하고 학 같은 신선이 되기를 몹시도 바랐던 것이다.

송강의 시 중에서 학을 언급한 시는 또 있다. 「집 북쪽 높은 정자에 올라 읊다」라는 시에서는 자신이 학이 되면 하고 싶은 일을 이렇게 표현했다.

> 내가 만약 하늘을 가로지르는 학이 된다면
> 대궐로 날아가서 한 소리 외쳐 보련만

만약에 송강이 한 마리 학이 되어 하늘을 자유롭게 날 수 있다면, 대궐로 날아가서 큰 소리로 진정 외치고 싶었던 말이 무엇이었을까? 이러한 송강의 속내를 알 수 있는 시 한 수가 전해지고 있다. 이 시는 20대 초반에 만나서 평생토록 아름답고 도타운 우정을 함께 나누었던 율곡 이이에게 건네준 시이다. 「율곡에게 보이다」라는 제목의 시에는 이런 내용이 들어 있다.

> 군자는 정승 자리를 사직하였고
> 소인배는 조정 요직을 움켜 쥐었네
> 어진 이 물러나고 간사한 이 나아오니
> 부제학은 마음도 참 태평이구려

무척이나 어린 나이인 열 살 때부터 무고와 모함과 간계의 분탕질이 판을 치는 조정의 당파싸움과 외척들의 권력다툼을 온몸으로 겪어야 했던 송강이 아니던가? 장성한 송강은 그러한 조정에서 백성들의 진정한 민생은 돌보지 않고 눈앞의 개인적인 이득이나 쥐꼬리만한 권세를 더 누리기 위해 악다구니를 쓰는 간신배들에게 일벌백계의 사자후를 청천벽력처럼 내리고 싶었던 것이다.

그래서 송강은 또 다른 시에서 이렇게 노래한다.

청천구름 밖에 높이 뜬 학이
인간세상이 좋더냐
무슨 일로 내려 오느냐

그런데 여기에서 한 가지 의문이 생긴다.

송강은 비록 어린시절에는 집안의 몰락으로 인해 남다른 고생을 겪지만, 20대 중반부터는 과거에 급제하여 자신의 소꿉친구였던 명종으로부터 축하를 받으며 승승장구한다.

벼슬에 오른 송강은 암행어사, 전라도관찰사, 강원도관찰사, 함경도관찰사, 예조판서, 형조판서, 삼정승의 하나인 우의정과 좌의정이 되고, 임진왜란 때는 전쟁 때 왕을 대신해서 8도의 민심을 수습하는 체찰사라는 높은 벼슬까지 하게 된다.

그런데 이토록 높은 벼슬까지 한 사대부인 송강이 무슨 이유로 세속을 벗어난 학 같은 신선이 되기를 간절하게 원했을까?

7번 국도에서 바라본 백두대간 준령

08

청간정에서 만나는
〈소녀와 가로등〉의 가수 진미령

이렇게 해서 고성군 북부권역 걷기관광이 끝나고 나면, 이제는 고성군 남부권역 관광을 떠날 차례이다.

지금까지 고성군 북부권역 걷기관광은 진부령, 건봉사, 화진포, 대진항, 무송정, 통일전망대, 산학다원, 거진항을 중심으로 진행되었다.

이제 시작하는 고성군 남부권역 걷기관광은 도원리, 왕곡마을, 송지호, 천학정, 관동팔경인 청간정, 금강산 화암사로 진행된다.

그런데 거진항을 지나서 7번 국도를 타고 간성 방향으로 내려갈 때 물회와 해변 민박으로 유명한 반암리에 담겨 있는 슬픈 이야기를 잠시 머릿속에 떠올려 주기를 바란다.

거진항을 벗어나자마자 처음으로 만나는 어촌이 반암리이다. 좌측으로는 해송을 따라 황금빛 해변이 길게 이어져 있고, 우측에는 금강산 부대가 자리잡고 있다.

필자가 1976년부터 1979년까지 근무하던 당시에는 그곳이 동해안 경비사령부 88여단 본부가 있었고, 필자는 임휘진 장군을 모신 부대 기수로서 위병 근무를 서고 있었다. 위병소 옆에는 종군 목사가 예배를 인도하는 충성교회가 있었는데, 필자는 그 교회에서 거진과 간성 일대에 사는 중학생들에게 영어를 가르치는 주일학교 교사도 함께 하고 있었다.

그 당시 반암리에는 김득구라는 젊은이가 사는 집이 있었다. 그는 1982년에 미국 라스베가스 시저스 팰리스호텔 특설링에서 미국의 복싱 영웅 레이 맨시니와 14회 혈투를 벌이다 목숨을 잃어 수많은 한국인들의 마음을 비통하게 했던 김득구 권투선수이다.

1955년 생으로 배고팠던 시절 한국의 헝그리 복서를 상징했던 그의 안타까운 죽음은 나중에 유오성 주연의 영화 〈챔피언〉으로 만들어져, 수많은 사람들을 또다시 울렸다.

임신한 약혼녀를 한국에 두고 미국의 뜨거운 링 위에서 산화한 그의 시신은 지금 고향인 강원도 고성군 거진읍 반암리에 잠들어 있다. 그에 관한 이야기는 김득구 선수 사망 30주기였던 2012년에 미국의 베스트셀러 작가인 마크 크리걸이 쓴 『레이 맨시니 전기』와 제시 제임스 밀러가 제작한 다큐멘터리 영화를 통해 재조명되었다.

이제 〈관동별곡 8백리〉 길에서 기대해도 좋을 가장 환상적인 해안 드라이브 코스를 독자 여러분들에게 소개하기로 한다.

처음 출발은 간성읍에서 시작하는 게 좋다.

현재 고성군은 두 개의 읍을 갖고 있다. 하나는 북쪽에 있는 유명한 항구인 거진읍이다. 또 하나는 남쪽에 있는 간성읍인데, 이곳은 현재 고성군의 행정중심지이다.

간성읍을 출발해서 7번 국도를 따라 남쪽으로 내려가면 좌측으로 '가진항'이란 팻말이 보인다. 그 지점에서 좌회전을 해서 가진항 방향으로 들어가면 곧 동해안의 숨은 속살을 따라가는 환상의 드라이브 코스가 시작된다.

가진항 드라이브 코스가 끝나는 곳에서 7번 국도로 나가지 말고 다시 왼쪽으로 핸들을 돌리면, 공현진 해수욕장으로 연결되는 해안도로를 타게 된다. 공현진 해수욕장 드라이브 코스를 계속 타고 가다가 7번 국도로 나와서 좌회전을 하면, 오른쪽에 왕곡마을로 향하는 2차선 도로가 나온다.

여기에서 왕곡마을로 들어가 잠시 타임머신을 타고 수백 년 전에 강원도 농촌 사람들이 오순도순 모여 살던 정겨운 옛 모습을 천천히 느껴 보기로 하자.

왕곡마을은 오음산을 중심으로 5개의 봉우리가 마을 주변을 에두르고 있다. 그래서 오봉리라고 부른다.

14세기부터 강릉 최씨, 강릉 함씨, 용궁 김씨 집성촌으로 형성된 이 마을은 강원도 북부지방의 전통마을 구조인 북방식 ㄱ자형 겹집 형태가 원형 그대로 보존된 남한 유일의 마을이다. 그래서 1988년에 전국 최초로 '전통건조물보전지구 제1호'로 등록되었고, 국가 중요 민속자료 235호로 지정되어 고성의 중요한 향토관광자원으로 잘 관리되고 있다.

북방식 전통 한옥 21동이 잘 보전되어 있는 이 마을은 풍수지리적으로 바다를 항해하는 선박 형상을 하고 있다. 그래서 이 마

왕곡마을 가을 전경

을에서는 대대로 우물을 파지 않는다. 왜냐하면 바다를 항해하는
선박에 구멍이 나면 파선을 하기 때문이다. 또한 이 마을은 집집
마다 굴뚝 위에 항아리를 얹어놓는 독특한 전통을 갖고 있다. 마
치 타임머신을 타고 수백 년 전으로 되돌아간 듯한 짙은 향수를
불러일으키는 왕곡마을 답사를 끝내고 다시 7번 국도로 나오면,
곧 우측에 있는 아름다운 호수인 송지호를 만나게 된다.

　이곳에는 아늑한 호수를 한눈에 바라볼 수 있는 철새관망대도
있고, 송지호에서 왕곡마을로 다녀올 수 있는 호반길도 있고, 또

송지호 철새 관망 타워

아름다운 호수를 한 바퀴 돌 수 있는 순환길도 잘 조성되어 있다. 주차장에 차를 잠시 쉬게 하고 자신의 스케줄에 맞는 코스로 송지호의 아름다운 길을 체험하면 멋있는 추억이 될 것이다.

잠시 후, 송지호를 출발한 차는 7번 국도로 나오자마자 곧 좌회전을 해서 송지호 해수욕장으로 들어간다. 그런데 여기에서 꼭 주의할 점이 하나 있다.

그것은 송지호 해수욕장으로 좌회전하는 길이 상당히 위험하기 때문에, 반드시 좌회전 표시등을 켠 채로 잠시 대기하다가 반대

▲ 송지호 오토 캠핑장
◀ 송지호 해양 심층수 비석
▶▲ 송지호(동해안에서 유일하게 재첩이 생
산되는 석호)
▶ 송지호 해수욕장

편 쪽에서 차가 오지 않는 것을 확인한 후에 좌회전을 해야 한다. 이곳에서는 독자 여러분들의 안전을 위해서 기다림의 미덕을 꼭 발휘해 주시기를 다시 한 번 당부 드린다.

이곳에서 일단 좌회전해서 송지호 해수욕장으로 들어가면 이제는 천천히 송지호 해안드라이브를 즐기면서 마음껏 동해의 풍광을 감상하시면 된다.

송지호 해수욕장 길이 끝나는 곳에서는 7번 국도로 나가지 마시고 좌회전을 하시면, 곧장 삼포 해수욕장 길로 연결된다. 삼포 해수욕장 길이 끝나는 곳에서는 반가운 작가를 만날 수 있다.

『국화꽃 향기』의 작가인 김하인 씨가 도예가 정재남 씨와 함께 길가에 찻집, 도서관, 도자기 체험장을 겸한 아담한 건물을 짓고는 길손들을 기다리고 있다.

김하인 아트홀이라고 부르는 이 건물을 지나서 얼마 지나지 않아 문암항 쪽으로 좌회전하면 다시 환상의 해안길을 달릴 수 있다.

그런데 김하인 아트홀을 출발하자마자 좌측으로 대단히 유서 깊은 유적지와 만나게 된다. 정식 명칭은 '고성 문암리 선사유적지'이다.

이 유적의 고고학적 가치는 대단히 크다. 왜냐하면 이 유적은 농경민족으로 유명한 중국과 일본에도 없는 동아시아 최초의 신석기 시대의 밭으로서, 무려 5천 년 전의 농경 유적지이다. 그동안 학계에서는 한반도에서 농사는 청동기 시대에 시작되었고, 신석기 시대에는 단순한 수렵채집 시대였다고 알고 있었다. 그러나

동해안 최북단 강원도 고성의 바닷가에서 신석기 시대에 농경의 존재를 알려주는 밭, 주거지, 화덕자리, 빗살무늬 토기, 좁쌀, 기장, 석기로 만든 간단한 농기구들이 발견된 것이다. 이러한 유적들은 민족의 명산인 금강산과 동해와 호수와 맑은 하천을 갖추고 있는 고성땅이 아득한 엣날에 신석기인들조차도 살기 좋았던 고장이라는 역사적 사실을 잘 말해 주고 있다.

문암항을 지난 해안길이 끝나는 바닷가 좌측에 예쁜 정자로 오르는 길이 나오는데, 계단을 따라 오르면 고성 8경의 하나인 천학정을 만날 수 있다.

환상의 해안드라이브 길 종점인 천학정에 오르면 동해의 수려한 풍광과 주변의 아름다운 바위들이 길손들의 두 눈과 오감을 즐겁게 할 것이다.

　만약 좀더 시간이 있는 분이라면 문암항과 천학정 사이에 있는 해변의 아름다운 바위인 능파대도 한번 보고 온다면 더 좋은 추억이 될 것이다.

　그러면 이제는 환상의 해안드라이브를 마무리짓고 금강산 남쪽 자락의 백두대간 품에 꼭꼭 숨어 있는 도원리로 들어가기로 한다. 도원리는 백두대간의 숨어 있는 고개인 새이령 아래로 아름다운 계곡을 끼고 있는 친환경 마을이다.

　천학정에서 환상의 해안드라이브를 끝내고 7번 국도로 나오면 우측으로 도원리로 들어가는 2차선 도로가 나온다. 이곳에서 우회전해서 도원리로 직진하면 좌측에 초대형 항아리를 지게에 진

옹기장수 모양을 한 3층 높이의 대형 건물이 두 눈에 들어온다.

이 주변엔 옛날부터 옹기를 빚던 곳이 있었고, 바닷가엔 바닷물을 펄펄 끓여 만드는 소금인 자염을 만들던 곳도 있었다. 그래서 이곳에서 생산한 옹기와 소금과 생선을 지게에 지고 새이령을 넘어 영서지방으로 팔러 다녔다. 이러한 마을의 역사를 관광객들에게 널리 알리기 위해 항아리를 지게에 진 옹기장수 모양의 대형 건물을 농촌에 짓게 된 것이다.

이곳에서 도원 저수지를 지나 백두대간 쪽으로 더 들어가면 커다란 바위들이 새하얀 속살을 드러내는 긴 계곡이 두 눈에 들어온다. 여기는 마을 휴양지인 도원1리이다.

도원리 옹기장수 건물(위)과 도원리 휴양마을(아래)

계곡을 따라 올라가다 보면 좌측으로 구름다리가 있고 팔각정이 보인다. 잠시 차에서 내려 구름다리 위에 서면 도원리의 아름다운 계곡을 두 눈에 모두 담을 수 있다.

그곳에서 계곡을 따라 더 올라가면 백두대간을 넘어가는 새이령으로 갈 수 있다. 그러나 이 길은 상당히 험하고 산으로 오르는 경사가 심하기 때문에 본격적인 등산 준비를 완벽하게 갖춘 후에 도전하시기 바란다.

이 마을도 한여름에는 시원한 계곡에서 피서를 즐기는 관광객들이 즐겨찾는 민박과 음식점이 운영되고 있어, 많은 사람들이 방문하는 유명한 곳이다.

다시 7번 국도로 나온 차는 이제 대한민국 최북단에 위치한 관동팔경이면서, 현재 고성군에 있는 유일한 관동팔경인 청간정으로 향한다.

청간정은 옛날부터 내려오던 정자가 너무 낡게 되자 중종 15년(1520년)에 고성군수 최청이 중수하였다. 그후 1884년에 화재로 소실되었으나 1928년에 면장 김용집의 발의로 지금의 자리에 재건하였다. 조선시대의 유명한 명필인 우암 송시열이 청간정 현판을 쓰고, 화진포 호숫가에 별장을 지은 이승만 초대 대통령이 이곳을 방문해서 정자 안의 현판을 썼다. 그리고 최초로 강원도 출신의 대통령이었던 최규하 대통령이 직접 쓴 현판도 그곳에 걸려 있다.

동해안 최북단의 관동팔경인 청간정과 70년대 후반 최대의 히트곡인 〈소녀와 가로등〉의 가수 진미령 씨와는 대단히 깊은 인연

도원리 계곡

도가의 이상향인 무릉도원을 연상시키는 도원리는 동해안에서 도원리 계곡을 따라 새이령으로
향하는 곳에 위치하고 있다. 지금은 영동지방과 영서지방을 연결하는 중요한 길인 새이령을 거
의 이용하지 않기 때문에 도원1리는 여름 휴가기간에 관광객들이 많이 찾아오는 휴양마을이 되
었다. 마을에서는 잘 조성된 숲과 연관된 휴양마을로 발전시키기 위해 많은 노력을 기울이고 있
고, 여름철에는 미리 예약하지 않으면 민박을 이용하기가 불가능할 정도로 관광객들이 많이 방
문하는 곳이다.

남한에 위치한 최북단 관동팔경, 청간정

이 있다.

한국전쟁이 끝난 뒤 북한 지역에서 여러 가지 임무를 수행하는 특수부대(HID)가 강원도 고성에 세워졌는데, 그곳이 바로 청간 정이 있는 바닷가였다. 대북 특수임무를 수행하는 HID부대의 대장이 가수 진미령 씨의 부친이었다. 그래서 진미령 씨는 서울로 오기 전에 이곳에서 어린시절을 보낸 예쁜 추억이 있다.

이러한 이야기를 청간정에 근무하던 HID부대원들에게 전해들은 우리 병사들은 밤에 청간정에서 아야진으로 이어지는 해안초소에서 근무를 설 때면 〈소녀와 가로등〉을 더욱 목청을 돋우어 큰 목소리로 노래했다.

조용한 밤이었어요 너무나 조용했어요
창가에 소녀 혼자서 외로이 서 있었지요
밤하늘 바라보았죠 아무도 없는 하늘을
그리고 울어버렸죠 아무도 모르게요
괜시리 슬퍼지는 이 밤에 창백한 가로등만이
소녀를 달래주네요 별 하나 없는 하늘을
살며시 달래주네요~

고성에는 가수 진미령 씨 외에도 유명한 연예인들이 여러 명 있다. 먼저 유명한 코메디언이었던 이주일 씨, 탤런트 유동근 씨, 양희은 노래 〈한계령〉의 작곡가 하덕규 시인, 70년대 인기곡이었던 〈잘가세요〉의 가수 이현 씨, 유오성이 주연한 영화 〈챔피언〉의

해양 심층수의 고장, 이곳은심층수의 발원지, 청정 오호항 입니다

오호항

주인공인 김득구 권투선수 등이 고성과 크고 작은 인연을 맺었던 사람들이다.

청간정에서 아야진 해수욕장과 연결된 조용한 해변에는 분위기 좋은 예쁜 찻집이 자리잡고 있다. 속초에 살다가 고성의 때묻지 않은 쪽빛 바다가 좋아서 아름다운 청간정 해변에 아담한 찻집을 낸 여주인이 운영하는 그곳의 이름은 〈쉘부르〉이다. 고성을 찾아온 여행객들이 편하게 앉아서 차와 음악으로 여독을 풀기에 안성맞춤인 곳이다. 특히 이 집에서는 분위기 있는 70년대의 팝송을 많이 감상할 수 있다.

쉘부르카페

09

새해에는 비나이다, 새해에는 비나이다

송강은 그의 이름처럼 '소나무처럼 푸르고 강물처럼 맑은' 성품을 지니고 있는 절개 높은 선비였다

그래서 그는 불의를 미워하고 정의를 지키기 위해서는 자신의 안위를 돌보지 않는 강직한 성품을 갖고 있었다. 특히 그는 강릉이 고향인 율곡 이이와 20대부터 대궐에서 함께 관직에 있으면서 평생 동안 깊은 우정을 나눈 둘도 없는 친구였다.

송강이 얼마나 정의로운 젊은이였는지를 보여주는 일화 한 토막을 소개한다.

송강이 대궐에서 사헌부의 지평이라는 관직을 처음으로 받아 근무할 때였다. 그때 명종의 사촌형인 경양군이라는 사람이 부유한 처갓집 재산을 빼앗으려는 나쁜 욕심을 채우기 위해, 자신의 처남을 유인해서 몰래 죽이는 악행을 저질렀다. 그런데 이 사건의 처리를 송강이 맡게 된 것이다. 그러자 명종은 자신의 사촌형인 경양군을 살리기 위해 어린시절 소꿉동무였던 송강을 불러서 은밀히 지시한다.

"나와 가까운 사촌형이 잘못하면 죽을지도 모른다. 내가 그대에게 특별히 부탁하는데 경양군을 관대히 용서하여 풀어 주도록 하여라."

만약 현직 대통령이 자신의 가족이나 친척과 관계 있는 사건을 직접 담당하고 있는 공직자에게 특별히 부탁한다면, 과연 어떻게 될까? 그런데 송강에게 직접 부탁한 사람은 조선의 국왕인 명종이었다. 게다가 송강은 높은 관직에 있는 사람도 아니었고 태어나서 처음으로 대궐에서 근무하게 된 하급관리였다. 또한 송강은 어린시절에 명종과 소꿉동무였던, 특별한 관계가 아닌가?

하지만 송강은 정의를 지키기 위해 임금인 명종의 지엄한 부탁을 물리치고 이 사건을 오직 법과 원칙에 맞게 올곧게 처리하기로 마음먹었다. 그래서 송강은 권력을 믿고 나쁜 일을 저지른 경양군 부자를 오직 법대로 집행하여 사형에 처하게 한다.

이처럼 송강은 비록 임금님의 부탁이라고 하더라도 불의한 일이면 따르지 않고 자신의 양심과 법을 지키는 정의로운 사람이었다. 그러나 그 당시 조정이 있는 한양은 송강처럼 정의로운 사람이 청운의 맑은 꿈을 펴기에는 너무나 혼탁하고 어지러운 곳이었다.

한양에는 오랫동안 두 개의 정치세력들이 서로 자웅을 겨루고 있었다. 하나는 1392년 이성계가 조선을 건국할 때 힘을 모았던 개국공신과 왕실 종친들을 중심으로 하는 훈구 척신세력들이었다. 또 하나는 지방에 거주하는 중소지주 출신의 선비들로서 유교의 성리학 이념에 충실한 신진 사림세력들이었다.

그러다 보니 오랫동안 중앙권력을 독점해 온 훈구 척신세력들과 권력을 분점하려는 사림세력들 간에는 팽팽한 긴장이 흘렀고, 또 다른 충돌을 만들기도 했다. 그런데 혁신을 주장하던 신진 사림세력들 사이에도 새로운 파벌이 또 만들어져 사회를 밑바닥부터 뒤흔드는 또 다른 비극을 만들고 있었다.

조선을 망국적인 파벌사회로 만든 당파싸움의 핵심은 언제나 권력이었고, 권력을 누리기 위한 기초는 인사권의 독점이었다.

본래 올바른 인사권이란, 능력 있는 인재들을 정정당당한 방법으로 선발하고 그들을 적재적소에 배치하여 보람을 느끼면서 일하도록 도와주는 것이다. 그런데도 불구하고 파벌싸움에 눈이 먼 신진 사림세력들은 성실하고 능력 있는 사람들보다는, 비록 능력이나 자질이 조금 떨어지더라도 자기편 사람을 조정의 요직에 앉히기 위해 구태의연한 이전투구를 서슴지 않았다.

그런데 조정에서 이러한 인사권을 갖고 있는 사람은 이조전랑이었다. 이조전랑은 한 사람이 아니라 정5품인 3명의 정랑과 정6품인 3명의 좌랑을 합쳐서 부르는 명칭이었다.

요즘 국가공무원의 직급과 비교하면 사무관이나 주사 정도의 위치였기 때문에 그렇게 높은 관직이 아니었다. 그러나 이조전랑은 임금에게 직언을 하는 여론기관인 사간원, 사헌부, 홍문관의 관리 및 자신의 후임을 추천할 수 있는 대단한 권한을 갖고 있었다. 즉 그들은 비록 직급은 낮았지만 지금으로 치면 청와대 인사비서관의 역할을 하고 있었기 때문에 그 권한은 대단히 막강했다.

그런데 선조 8년(1575년)에 관리들의 인사권을 쥐고 있는 최고의 요직인 이조전랑 자리를 두고 김효원과 심의겸이 크게 대립하다가 결국 불구대천지 원수가 되고 만다.

사건의 발단은 이조좌랑이었던 오건이 사임하면서 자신의 후임으로 김효원을 추천한 것이었다. 이에 명종의 비인 인순왕후의 남동생 심의겸이 김효원의 이조좌랑 임명을 반대하고 나섰다. 그러나 심의겸의 반대에도 불구하고 전례에 따라 김효원이 이조좌랑으로 임명되었다. 그러자 김효원은 자신을 반대한 외척인 심의겸에 대해 앙심을 품게 된다.

그후 김효원이 이조좌랑을 그만둘 즈음에 심의겸이 '자신의 친동생인 심충겸을 이조좌랑으로 추천해 달라'고 은밀히 제안을 했다. 그러자 지난번 일 때문에 이미 섭섭한 감정을 많이 갖고 있던 김효원은 심의겸의 부탁을 일언지하에 거절하고 다른 사람을 이조좌랑으로 추천했다.

이때 김효원의 자택이 한양 동쪽의 건천동에 있어서 그를 따르는 사람들을 동인이라고 불렀고, 심효겸의 자택이 한양 서쪽의 정릉방에 있어서 그를 따르는 사람들을 서인이라고 불렀다.

나중에 동인은 남인과 북인으로 나뉘고 서인은 노론과 소론으로 나뉘어, 결국 3백여 년 동안 조선 패망의 썩은 뿌리를 만들어 결국엔 섬나라 일본에 나라를 빼앗기고 한반도를 두 동강 나게 만든 고질적인 사색당파가 만들어지게 된다.

김효원을 중심으로 하는 동인에는 퇴계 이황과 남명 조식의 제자들이 많이 참여하였고, 심의겸을 중심으로 하는 서인에는 송강 정철과 울곡 이이와 우계 성혼 등이 참여하였다.

신진사림파 선비들의 속좁은 반목과 질시가 나라의 기강을 무너뜨리고 민생을 도탄에 빠뜨리고 결국엔 민족의 안위까지 위태롭게 하는 엄청난 죄악을 저질렀다는 것을, 준엄한 역사가 우리들에게 생생하게 가르쳐 주고 있다.

선조 23년(1590년)에 조정에서는 일본으로 통신사를 파견한다. 그런데 이때 너무나 어처구니없는 사건이 일어났다. 그것은 일본을 다녀온 서인 쪽 사람인 황윤길이 "일본이 곧 조선을 침략할 것입니다."라고 정직하게 보고하자, 동인 쪽의 김성일이 거짓된 마음을 품고는 "일본은 조선을 침략하지 않을 것입니다."라고 정반대로 보고한다

이처럼 똑같은 사실을 두고도 완전히 정반대로 왜곡 보고하는 어처구니없는 일이 일어나는 바람에 조선은 일본의 침략을 막을 천우신조의 기회를 그만 놓치고 말았다. 1592년부터 무려 7년 동안이나 삼천리 금수강산이 왜적들에 의해 아비규환의 지옥으로 변하는 민족 최대의 비극을 겪게 된다.

이렇게 치열하기 그지없는 동서당쟁의 소용돌이가 휘몰아치는 선조 임금 때 서인의 거두로 성장한 송강은 동인들로부터 온갖 모략과 질시와 험담을 들으며 이루 말로 표현하기 어려울 정도로 힘든 고초를 겪게 된다.

그러나 송강은 본인의 어린시절 소꿉동무였던 명종의 뒤를 이어 그 아들인 선조가 임금이 되자, 선조를 도우며 더 좋은 정치를 펴기 위해 많은 노력을 기울인다. 그런데 이런 상황을 더욱 못마땅하게 생각하는 동인들은 선조와 송강의 사이를 떼어놓기 위해

온갖 이간질을 다 했다.

청렴한 선비이자 강직한 목민관으로서 율곡 이이와 함께 정의로운 정치를 실현하기 위해 정성을 다하던 송강은, 동서당쟁으로 인해 조정에 온갖 모략과 음모가 횡행하는 것을 보고는 너무나 상심한 끝에 결국 벼슬을 버리고 시골로 내려가기로 결심한다. 권력과 이권에 눈이 어두워 인면수심의 행동을 서슴지 않는 파렴치한 소인배들의 언행에 지긋지긋할 정도로 환멸을 느낀 송강은 자연과 더불어 살기로 마음먹은 것이다.

이러한 사실을 알게 된 선조가 크게 낙심해서 송강에게 큰 벼슬자리를 줄 것을 약속하며 조정에서 자신과 함께 있을 것을 당부한다.

그때 선조는 송강에게 이렇게 이야기한다.

"내려가지 말라. 장차 크게 등용하리라."

만약 지금의 정치인이나 공직자에게 대통령이 직접 전화를 해서 '청와대나 정부의 높은 자리를 줄 테니 시골에서 올라 오시죠'라고 연락을 하면 과연 어떤 반응을 보일까? 그러나 송강은 자신의 소신에 따른 출처가 분명한 소나무처럼 푸른 선비였다.

그래서 불혹의 나이인 선조 8년(1575년)에 자신의 모든 관직을 버리고 시골로 내려간다. 선조가 계속해서 높은 관직을 내리면서 한양으로 올라오라고 하였지만 송강은 미동도 하지 않았다.

임금이 애타게 불러도 자신의 소신을 지키며 시골로 내려가는 그 용기. 임금이 달콤한 말로 연이어 높은 벼슬을 내려도 태산처럼 자신의 양심을 고수하는 그 신념.

송강은 사리사욕을 일삼고 부정부패에 능하고 아첨을 잘 떠는 간신배들과는 도저히 가깝게 일할 수 없는 정의로운 사람이었다. 그는 권력자가 자신을 한 번이라도 불러주기를 애타게 기다리는 사람들이나, 혹은 권력자의 주변을 서성거리면서 눈길이라도 한 번 받으려고 애쓰는 이 땅의 많은 공직자나 노욕에 물든 정치인들에게 따끔한 일침을 가하는 청렴한 선비요, 진정한 충신이었다.

송강이 지은 다음의 시를 읽어 보면 그의 강직한 성품과 당당한 기개를 잘 알 수 있다.

보무도 당당히 대궐을 하직하고
초옥에 앉아 청산을 마주했네
취했다 깼다 하는 속에 출처를 했고
옳다 그르다 하는 사이에 종적을 감추었네

그로부터 3년 후.

43세의 송강이 새로운 뜻을 품고 조정에서 동부승지로 일을 하게 되었다. 그런데 이번에도 간신배들로부터 온갖 모함을 받게 된다.

송강은 44세가 되었을 때 선조 임금으로부터 또다시 벼슬을 제수받지만 한양을 떠나 시골로 내려간다.

그리고 그의 나이 46세가 되던 선조 14년(1581년)에 강원도 관찰사의 직무를 끝낸 그가 조정에서 대사성으로 근무를 하게 되었다. 그러나 동인들로부터 또다시 모략을 당해 결국 모든 관직을 내려놓고 시골로 가게 된다.

그로부터 3년 후인 선조17년(1584년) 1월에는 자신과 지란지교를 나누었던 동갑내기 벗이었던 율곡 이이가 갑자기 세상을 뜨자, 송강은 크게 낙망한다.

지천명의 나이인 50세(1586년)에 선조로부터 판돈령에 임명되어 한양으로 가게 되었을 때도 동인들로부터 또다시 무고한 탄핵을 받아 시골로 내려가야만 했다.

송강은 그로부터 또다시 4년 동안이나 초야에 묻혀 지내야만 했다. 특히 평생의 지기로서 지란지교를 나누었던 율곡이 죽고 나자 그는 대단한 허탈감에 빠진다.

송강과 율곡이 얼마나 두터운 우정을 쌓고 살았는지를 생생히 보여주는 시가 지금도 전해진다.

송강이 34세이던 선조 2년(1569년)에 부교리라는 직책을 받아 호남으로 가게 되었다. 이때 율곡은 고향인 강릉으로 가게 되었는데, 송강이 「이별의 시」를 짓는다.

굳게 사귄 벗 천리 길 헤어지니
가슴속 쌓인 정회 한숨에 부친다오

율곡 이이가 지천명의 나이인 쉰을 넘기지도 못하고 49세에 생을 마감하자, 너무나 비감했던 송강은 자신의 벗인 율곡을 마음속 깊이 애도하는 「친구의 만시」를 짓는다.

남들은 이승이 저승보다 좋다지만
나는야 저승이 이승보다 나을레라
율곡이랑 군망을 좌우에 손잡고
한밤중 솔바람 푸른 산에 누우리니

이 시에 등장하는 군망은 송강의 또 다른 벗인 신응시(1532~
1585)인데, 율곡이 죽은 지 1년 후에 그도 세상을 하직했다.

자신의 벗인 율곡과 군망을 사랑하는 마음이 얼마나 간절했으
면, 송강은 이승보다 저승이 더 좋다고 말했을까? 이처럼 진정한
친구를 평생의 지기로 사귄 율곡과 군망은 비록 생명은 잃었지
만, 진정 행복한 사람들이었다고 말할 수 있을 것이다.

송강이 34세 되던 선조 2년(1569년)에 서로 교분을 나누던 퇴계
이황이 고향인 안동으로 휴가를 얻어 내려가게 되었다. 이때도
퇴계 이황과의 헤어짐을 아쉬워하던 송강은 한강에서 배를 타고
뒤좇아 가면서 정감 어린 시를 주고받으면서 석별의 정을 나누었
다. 여기에서 퇴계 이황(1501년~1570년)의 시 한 수를 독자 여러
분들에게 소개해 드린다.

청산은 어이하여 만고에 푸르르며
유수는 어이하여 주야에 그치지 않는가
우리도 그치지 말고 만고상청 하리라

송강은 54세가 되던 선조 22년(1589년)에 선조로부터 3정승의

하나인 우의정에 임명되어 한양으로 입성한다. 그런데 그 해에 송강은 크나큰 슬픔을 겪게 된다. 송강과 깊은 교분을 나누던 다정한 선배였던 사암 박순이 세상을 떠난 것이다. 게다가 송강의 장남이 그 해에 병으로 사망하게 된다.

송강은 부인인 문화 유씨로부터 4남 3녀를 낳았다. 그 중에 병약했던 장남인 기명이 31세라는 젊은 나이에 그만 세상을 떠나고 만 것이다. 그리고 불과 2년 후인 선조 24년(1591년)에 동인의 영수인 영의정 이산해의 간계와 모함으로 인해, 머나먼 북녘땅 강계로 귀양을 가게 된다.

그 당시 선조에게는 왕위를 물려줄 세자를 책봉하는 일이 대단히 중요한 사항 중의 하나였다. 선조는 중전인 박씨에게서는 자식을 얻지 못했고, 다른 빈에게서 낳은 열 명의 왕자들이 있었다. 특히 선조는 열 명의 왕자들 중에서 인빈 김씨가 낳은 신성군을 마음속에 두고 있었다.

마침 그때 송강을 모함하기 위해 계책을 찾고 있던 영의정 이산해는 "송강이 광해군을 세자로 모시기 위해서 임금이 총해하는 신성군을 죽이려 한다"는 거짓말을 선조의 귀에 들어가게 간계를 꾸민다.

이렇게 해서 임금의 노여움을 산 송강은 삭탈관직당하고 억울한 귀양살이를 떠나게 된다. 황량하고 험준한 북녘의 오지인 강계로 이송된 불쌍한 송강은 집 주위에 날카로운 가시울타리를 쳐서 아예 집 밖으로는 한 걸음도 못 나오게 하는 '위안리치'라는 가혹한 유배생활을 하게 된다.

이때 송강의 유배생활이 얼마나 힘들고 가혹했는지, 송강은 다음과 같은 편지를 남겼다.

이곳은 풍토가 매우 나쁘고 밥 한 그릇과 국 한 그릇도 제가 스스로 마련해야 할 정도로 간난과 고초가 이루 형언하기 어렵습니다.

이곳에도 나를 몰래 감시하고 모함하는 사람들이 있어 헛된 말을 지어내어 한양으로 연락합니다.

장차 무슨 재앙을 불러올 말을 거짓으로 지어낼지 참으로 두렵습니다.

이때가 우리 민족을 미증유의 재난으로 몰아넣었던 임진왜란이 일어나기 불과 1년 전이었다.

동인인 김성일의 보고와는 달리 임진왜란이 일어나고 한양의 경복궁이 불타면서 온나라가 미증유의 대재앙을 입게 되자, 그제서야 위약한 임금이었던 선조는 송강을 유배에서 풀어주고 자신이 머물고 있던 개성으로 급히 오게 한다.

그 당시 머나먼 북녘땅 강계에서 외롭게 귀양살이를 하고 있던 송강은 다음과 같은 시로 자신의 처연한 심정을 표현했다.

배꽃 피는 시절인데 봄비는 부슬부슬
온나라가 난리인데 홀로 사립문 닫았네
머나먼 변방에서 님 계신 곳 그리워
늙은 신하 눈물에 날마다 옷을 적시네

뒤늦게 자신의 사면 소식을 듣고 개성으로 황급히 달려간 송강은 처량한 피난민으로 전락한 선조 일행과 합류한다. 자신의 친구 아들인 선조와 재회한 송강은 그야말로 망연자실했다.

태조 이성계가 조선을 세운 지 불과 2백 년이 되는 1592년에 섬나라 왜놈들의 공격으로 그야말로 온나라가 불바다가 되고 말았으니……. 그러나 송강은 분노할 겨를도 없이 황망한 피난길에 또다시 올라야 했다. 왜냐하면 한양을 불태운 왜적들이 순식간에 개성을 함락시켰기 때문이다. 그래서 황급하게 개성을 떠나 평양으로 피난을 가야 했다.

그런데 대동강을 끼고 있는 난공불락의 평양성도 편안한 안식처가 되지는 못했다. 조총으로 무장한 왜적들이 또다시 평양성을 공격해 온 것이다. 결국 나라의 사직을 보존하기가 매우 어렵다고 판단한 조정의 대신들은 왕세자인 광해군을 따라 함경도의 오지이자 송강의 귀양지였던 강계로 피난을 떠나고, 선조는 송강이 홀로 모시고 북쪽에 있는 의주로 떠나게 되었다.

이때 송강은 국가의 원로대신으로서 아무리 절망적인 상황에서도 '절대로 나라를 포기하지 말 것'을 선조에게 강력히 충고한다. 송강은 만약 선조가 압록강을 건너 중국땅으로 피난을 가게 되면 나라를 다시 되찾기가 어렵게 될 뿐 아니라, 백성들에게도 '왕이 나라와 백성들을 포기했다'는 바람직하지 못한 메시지를 줄 것을 우려했던 것이다. 그래서 송강은 선조에게 다음과 같이 눈물로 호소한다.

"엎드려 원하옵건데 강을 건넌다는 말씀은 입 밖에도 내시면

안 될 뿐 아니라, 마음속에서도 영영 단념하셔야 합니다."

이때 만고의 충신이자 경세가인 송강을 미처 몰라보고 함경도 강계로 '위리안치'라는 가혹한 유배를 보낸 것을 크게 후회한 선조는, 임금을 대신해서 지방으로 내려가 군사적인 사항들을 총괄하고 살피는 체찰사라는 벼슬을 송강에게 내린다.

60이 가까운 나이의 송강은 가혹한 귀양살이와 전쟁 중에 먼길을 이동하느라고 몸에 병이 깊고 건강이 좋지 않았으나, 나라를 구하기 위해 기꺼이 왜적들로 인해 아비규환의 땅으로 변한 충청도로 급히 말을 달린다.

남쪽으로 내려가던 중에 평소 친분이 두터웠던 중봉 조헌이 충남 금산에서 의병을 일으켰다는 소식을 듣고는 기쁜 마음에 서신을 보낸다.

안 죽고 살아 돌아와서 오늘날 이런 일을 보게 되니 두 눈에서 피눈물이 나오는구려.

그대가 의병을 일으켰다는 소식을 들으니 바람을 향하여 흠모와 탄식의 소리가 절로 나옵니다.

나는 그대가 어느 곳에 있으며 전투 상황이 어떤지 전혀 알지 못하고 있습니다.

나는 충청도에 도착하면 군사상의 기밀에 속하는 여러 가지 일들을 급히 상의할 마음이 간절하니, 모름지기 그대가 잘 헤아려서 알려주면 참으로 고맙겠소.

의병장인 중봉 조헌이 금산읍에서 의병과 함께 있다는 낭보를 접하고는 천군만마를 얻은 듯한 기쁨에 충청도로 향하던 송강은, 중간에서 "금산읍성이 왜적에 의해 함락당하고 의병장인 조헌, 고경명, 의승장인 영규 스님이 모두 7백여 명의 의병들과 함께 몰살당했다"는 비보를 전해듣는다.

조헌이 왜적에 의해 처절하게 참살당했다는 소식을 들은 송강은 처연한 심정으로 피눈물을 쏟는다.

본래 조헌은 송강의 반대편인 동인이었다. 전라도에서 공직을 맡고 있던 조헌은 그 당시 동인의 핵심 실력자였던 이발에게서 송강에 대한 험담을 무수히 들었다.

한양에 있던 이발은 송강과 함께 홍문관에서 동료로 근무했던 이길의 아들이다. 이길은 송강이 비록 서인이지만 높은 학식을 지닌 지체 높은 인물이라는 사실을 알고 있었기 때문에, 자신의 아들인 이발을 가르칠 때 송강의 학문적 자문을 많이 받았다.

그런데도 불구하고 새파랗게 젊은 이발은 자신의 세도가 점점 높아지자 자기 선친의 동료이자 학문적 스승인 송강을 깔보고 업신여기는 안하무인의 방자한 태도를 보이기 시작했다.

그러다가 율곡 이이의 중재로 서로 화합하기 위해 만난 자리에서 나이 어린 이발이 인생의 대선배인 송강의 긴 수염을 잡아뽑는 패륜을 저지르고 말았다.

이처럼 방자하기 그지없는 이발이었기 때문에 그는 조헌에게 송강에 대해 많은 험담을 하였던 것이다. 그래서 조헌은 평생에 단 한번도 송강을 만난 일조차 없음에도 불구하고 그를 미워하는 마음을 갖고 있었다. 그런데 선조 14년(1581년)에 송강이 전라도 관찰사로 임명을 받고 내려오게 되자, 전라도 도사로 근무하던 그는 송강을 상관으로 모시게 되었다.

전라도에서 힘든 사춘기 시절을 학문으로 극복하며 헌헌장부로 성장했고 또 그곳에서 평생의 스승과 벗들을 만났던 송강은, 제2의 고향이나 다를 바 없는 전라도로 내려오자마자 어려운 백성들을 구제하고 편안한 세상을 만들기 위해 전심전력을 기울인다.그러자 선정을 베푸는 혁신적인 송강을 향해 많은 백성들이 칭송을 아끼지 않았다.

송강의 이러한 모습을 바로 측근에서 직접 지켜 보면서 송강의 진면목을 알게 된 조헌은 크게 후회하고 "하마터면 공 같은 사람을 잃어버릴 뻔했다"면서 송강에게 고백한다.

송강만큼이나 강직하고 정의로웠던 조헌은 곧장 한양으로 올라가 이발을 만난다. 송강을 모함하고 자신에게 거짓말을 한 이발과 크게 다툰 뒤에 송강과 깊은 우정을 나누었다.

송강을 옆에서 보필하면서 송강의 강직한 공직자의 모습과 따뜻한 군자의 모습을 모두 경험한 조헌은, 송강이 억울한 누명을 쓰고 있을 때 그를 변호하기 위해 이러한 상소문을 올린 적도 있었다.

송강은 호남을 살필 적에 얼음 넣은 항아리처럼 스스로 맑고 깨끗하게 조금의 거짓도 없는 참된 마음으로 공무를 수행했으니, 나라를 위하는 그의 한결같은 마음은 그가 쓴 시에도 잘 나타나 있습니다.

이처럼 우여곡절 끝에 진솔한 우정을 시작하게 된 두 사람이었기에 송강의 슬픔은 더욱 절절했다.

게다가 제봉 고경명은 누구던가? 송강보다 세 살이 더 많은 제봉 고경명(1533~1592)은 담양의 정자아카데미에서 함께 공부도 하고 같이 장난도 치면서 청소년기를 같이 보낸 평생의 벗이 아니던가.

나이 많고 몸까지 좋지 않았던 송강은 애를 녹이는 듯한 이러한 슬픔 속에서도 임금이 내린 명을 성실히 수행하기 위해 충청도와 전라도 곳곳을 순찰한다.

송강은 각 지역의 전황과 앞으로의 방책을 제시하는 보고서를 자세히 작성해서 선조에게 보고한다. 그러나 나라의 운명이 풍전등화처럼 위태로운 전쟁 중에도 정신을 못 차리고 당파싸움에 빠진 동인들은 송강을 계속 모함하였고, 결국 그로 하여금 체찰사를 그만두게 만든다.

관직을 그만두고 오랜만에 한양으로 돌아온 송강에게 선조는 새로운 임무를 맡긴다. 그것은 조선을 돕기 위해 군사를 출병시키고 평양성을 탈환하도록 도와준 명나라에 감사의 뜻을 전하러 가는 사은사로 임명한 것이다.

심신이 많이 지쳐 있던 송강은 어쩌면 자신의 인생에서 마지막 공직이 될지도 모르는 사은사의 직책으로 중국을 향해 떠나기 전에 우국충정의 심정을 간곡하게 담아 임금에게 글을 올린다.

그것은 "백성들의 궁핍함을 반드시 해결해야 하고, 구원군인 명나라 군사가 왜적들과 화친해서 철병하는 것을 꼭 막아야 한다"는 내용이었다. 그때 송강은 고국을 떠나면서 다음과 같은 시를 남겼다.

나라를 떠났으나 마음은 자꾸만 달려가고
시운을 슬퍼하니 귀밑머리 다쉬었네
남쪽으로 일천리 그리운 산하
돌아가는 이내 꿈 어느 때나 멈출까

그런데 그해(1593년) 겨울. 만난신고를 겪으면서 명나라를 다녀온 송강 앞에는 칭찬과 감사가 아니라, 또다시 무고한 모함과 억울한 누명의 두꺼운 그물이 시커먼 입을 크게 벌린 채 기다리고 있었다. 이때 송강은 자신의 비통한 심정을 벗인 이희참에게 다음과 같은 편지로 털어놓았다.

지난번 북경에 갔을 때 황달을 심하게 앓아 생명이 위독했었답니다.

한양에 돌아와 임금을 만난 지 며칠 되지 않아 명나라 조정에 '왜적이 이미 물러갔다'는 이야기를 우리가 하였다고 하여, 임금이 크게 진노하시니 장차 큰 죄의 그물에 빠질 것 같습니다.

그런 사실이 털끝만큼도 없으며 꿈에조차 생각할 수 없는 일인데, 이런 낭패를 당하는구려.

결국 크게 상심한 송강은 한양을 떠나 강화도의 궁벽한 시골인

송정촌으로 들어간다. 그러나 평생토록 부정과 부패를 모르고 지조를 지키면서 청렴하게 살았던 송강은 그곳에서 차마 생계를 잇기조차 어려울 정도로 궁핍한 생활을 해야 했다.

입에 풀칠하기도 쉽지 않았던 송강은 결국 자신의 벗인 이희참에게 다시 편지를 띄운다.

내가 강화로 들어온 후에 아무리 사방을 둘러보아도 차마 입에 풀칠하기도 여의치 않습니다.

이형이 조금 도와주실 수는 없는지요.

그러나 약간의 도움은 마음 편히 받겠지만, 많은 것은 감히 받기가 어렵습니다.

송강은 그의 오랜지기인 우계 성혼(1535~1598)에게도 자신의 참담한 심정을 이렇게 편지로 보냈다.

며칠 동안 추위가 극심했습니다. 나는 강화도에서 생활하고 있으나 그 궁핍함이 객지와 다를 바가 없어서 옛 선인의 '소금과 쌀이 다 떨어졌다'는 글귀를 외우며 산답니다.

어제는 편지를 써서 주변의 벗들에게 도움을 청했습니다.

백발이 허연 나이에 구걸을 하게 되었으니 참으로 부끄럽지 않을 수가 없습니다.

다만 마음에 걸리는 것은, 명색이 나라의 대신이라는 사람이 이처럼 멀리 있으니 그저 불안할 따름입니다.

선조 26년(1593년) 12월 18일.

조선 최고의 가사문학가이자 탁월한 감성을 지닌 위대한 시인이었던 송강 정철은 강화도 송정촌에서 지독한 가난과 추위와 병마와 외롭게 싸우다가 쓸쓸하게 숨을 거두었다.

어린시절부터 억울한 누명을 쓰고 부모와 함께 모진 귀양살이를 겪어야 했고, 또 관직에 오른 후에도 수많은 모함을 받아 목숨이 위태로울 정도로 힘든 유배를 떠나야 했던 송강.

심지어 왜적들로부터 침략을 받아 삼천리 금수강산이 아비규환에 빠진 전쟁 중에도 음모를 꾸미고 누명을 씌우는 처절한 아픔을 온몸로 당해야 했던 송강.

결국 송강은 생의 마지막 해인 1593년에, 나라의 앞날을 생각하지 않고 자신들의 이권만을 위해 서로 반목하고 질시하고 분열만 일삼는 조선의 사대부들에게 당부하는 간절한 시 「새해에 비나이다」를 유언처럼 남긴다.

새해에는 비나이다. 새해에는 비나이다.
제발 비옵나니 새해에는 우리 조정 맑아져서
동서니 남북이니 하는 당파싸움을 모두 없애버리고
일심으로 화합해서 태평성대 이루게 해주소서.

전쟁의 와중에 억울한 누명을 쓰고 강화도의 궁촌으로 들어가 '입에 풀칠할 계책조차 없는 지독한 빈곤' 속에서도 민족을 분열시키고 나라를 망치는 망국적인 당파싸움만은 제발 없애야 한다고 절규한 송강의 마지막 사자후는 4백여 년이 지난 지금의 한국 사회에도 여전히 유효하지 않을까?

평생토록 자기를 질시하는 수많은 사람들로부터 온갖 누명과 모함을 받으며 고초를 겪었던 그의 심정이 얼마나 절절했는지, 그는 자신의 시에 다음과 같은 글귀를 남겼다.

님아.
님아.
무슨 놈이 무슨 말을 하여도 님이 짐작하소서.

이 글귀를 읽으면 "어떤 사람이 어떤 거짓말로 나를 모함해도 제발 나를 믿어 달라"는 송강의 한맺힌 절규가 지금도 귓전에서 생생하게 들리는 것만 같다.

이런 이유 때문에 송강은 대자연 속에서 선풍을 즐기면서 구만 리장천을 훨훨 날아오르는 학처럼 명산대천을 자유롭게 유람하던 신라의 화랑들을 그토록 그리워했는가 보다.

누구보다도 송강의 이러한 성품을 잘 알고 있던 율곡 이이는, 동인들이 송강을 모함하는 글을 이루 헤아릴 수도 없을 정도로 많이 대궐로 올릴 때에 선조에게 이러한 상소문을 올렸다.

송강은 심성이 강물처럼 맑고, 소처럼 충직하고, 한겨울의 소나무처럼 의리가 굳고 절개가 있어, 누가 뭐라고 험담을 하더라도 한결같이 나라와 백성만을 위해 일하는 사람입니다.

자기 아버지의 소꿉동무인 송강에 대해 이미 많은 것을 알고 있는 선조 임금도 송강의 정의로운 인품에 대해서는 아무런 이의를 달지 않고 다음과 같이 말했다.

송강은 오직 그 혀가 대쪽처럼 곧기 때문에 오히려 사람들에게 미움을 받는 것이다.

자신이 직책을 받으면 몸이 닳도록 힘껏 행하는 충직하고, 맑고, 절개 있고, 정의로운 것을 들판의 산천초목도 알 것이다.

수많은 사대부들이 자신이 속한 당파의 이익을 위해 말을 바꾸고 약속 어기기를 손바닥 뒤집듯이 쉽게 할 때에, 진정한 군자였던 송강은 늘 진실을 이야기하고 원칙을 지키기 위해 최선을 다했다. 이처럼 의기로웠던 송강도 고질적인 동서분당으로 인해 수없이 누명을 뒤집어쓰고 모략을 당하여 여러 차례나 관직에서 물러나기도 하고 참혹한 유배생활을 당해야 했다.

그러나 송강은 이처럼 혹독한 시련 속에서도 "이 땅에서 유일하게 참다운 세 편의 문장"으로 칭송되는 「관동별곡」, 「사미인곡」, 「속미인곡」을 남겼고 백여 수에 달하는 한글시조와 8백여 수의 한문시조와 담양의 자연을 노래한 「성산별곡」을 창작했다.

조선 초기의 문인인 정극인의 「상춘곡」에서 시작해서 조선시대 문인인 송순의 「면앙정가」를 거쳐 송강이 완성하는 이러한 자연 예찬과 자연사랑의 정신이 듬뿍 담긴 강호도가의 시풍은 현대에도 친환경 예술운동으로 승화시켜 나갈 필요가 있지 않을까?

이처럼 강직한 선비였을 뿐 아니라 중세 국문학사에 영원히 꺼지지 않을 불멸의 금자탑을 세운 위대한 시인이기도 한 송강이, 전쟁의 와중에 또다시 억울한 누명을 쓰고 강화도 송정촌에서 외롭게 숨겨갔던 것이다.

그러나 하늘도 무심치 않았는지, 그의 사후에 송강에 대한 올바른 평가가 진실한 선비들에 의해 다시 내려진다.

조선의 위대한 문인이었던 우암 송시열은 송강의 「신도비명」에 이렇게 썼다.

그분의 마음은 호수처럼 맑고 절개와 기질은 대나무처럼 푸르셨다.

또 송강의 사후 100년 후인 1694년에 숙종 임금이 직접 지은 송강의 「제문」에서 송강의 일생에 대해 다음과 같은 글을 남기며 존경을 나타냈다.

지난 백 년의 세월이 흐르는 동안 진실이 왜곡되었다가 다시 바로 잡아지는 일이 얼마나 많았던가.

그대의 일이 왜곡되었을 때 소인배들이 뜰에 가득했고, 그대의 일이 바로 잡아졌을 때는 세상에 정의가 바로잡혔다.

그대의 절개는 옛날에도 몹시 드문 일이었다.

그대의 맑고 밝고 바른 심성 위에 학문을 더하였고, 지조는 푸른 소나무와 대쪽 같았다.

숙종 임금은 송강에게 시호인 '문청'을 하사하고, 죽은 뒤에도 지난 백 년 동안 당파싸움을 일삼는 소인배들에 의해 끈질기게 모함당하고 삭탈당했던 모든 관직을 원상복구하는 특별 명령을 내린다. 이렇게 해서 송강의 명예는 모두 회복되었고, 송강의 후손들도 가슴속의 한을 말끔히 풀 수 있게 되었다.

또한 선비인 김집은 자신이 지은 「행장」에서 송강에 대해 이렇게 칭찬했다.

송강과 율곡이 사헌부에 있게 되면서부터 여러 관청의 불법 수탈이 없어지게 되었다.

이처럼 진실을 추구하려는 후대 사람들에 의해 송강의 참모습이 다시 사람들에게 제대로 알려지게 되었다.

또한 참선비이자 대단한 휴머니스트였던 송강은 임진왜란의 와중에 노비인 안언희를 자유로운 신분으로 해방시켜 주고 지방관리가 될 수 있도록 도움을 베풀었다. 나중에 안언희는 송강의 사후에 논을 송강 문중에 기증해서 송강을 제사 지내는 경비로 사용하게 해 은혜를 갚는다.

서울에서 출발해서 진부령으로 들어갔다가 동해의 해안선을 따라 남쪽으로 내려가서 다시 미시령으로 되돌아나오는 고성의 마지막 여행지는 금강산 화암사이다.

화암사는 속초와 고성의 경계인 미시령 인근에 있는 절이다.

화암사 전경

그런데 이 절의 이름 앞에 금강산이란 명칭을 붙히다니, 이게 도 대체 어떻게 된 일이란 말인가?

그렇다. 금강산에서 가장 높은 봉우리인 비로봉은 지금 북한땅 에 있다. 그러나 금강산의 최남쪽 봉우리와 최남쪽 암자는 바로 속초 위에 있는 고성군의 화암사에서 시작하고 있다.

민족의 영산인 금강산은 모두 1만 2천 봉과 8만 9암자로 이루 어져 있다고 한다. 그 수많은 봉우리와 암자 중에서 금강산의 최 남쪽 첫봉우리는 화암사의 뒷쪽에 있는 신선봉이고, 금강산의 남 쪽 첫암자는 화암사 경내에 있는 삼성각이다. 그래서 설악산의 울산바위가 금강산의 1만 2천 봉이 되지 못한 이유도, 금강산이 시작되는 미시령을 미처 넘어오지 못했기 때문이라는 전설이 생 긴 것이다.

현재 고성땅에 있는 금강산 1만 2천 봉 중에서 남쪽에 있는 봉우리는 모두 다섯이다. 향로봉, 삼봉, 동굴봉, 칠절봉, 신선 봉이 그것이다. 그 중에서 신선봉이 바로 화암사 뒤편에 위치 하고 있다.

화암사는 신라 36대 혜공왕 5년(769년)에 진표율사가 창건한 절이다. 특히 진표율사는 금강산 일원에 사찰을 많이 건립한 스 님이다. 진표스님은 금강산 서쪽의 장안사, 동쪽의 발연사, 남쪽 의 화암사를 모두 창건한 불심 깊은 스님이다.

화암사에 들어서면 남쪽 능선으로 멋진 바위가 한눈에 들어오 는데, 이것이 유명한 수바위이다. 수바위는 아래를 바치고 있는 달걀 모양의 바위와 위에 있는 왕관 모양의 바위로 이루어져 있

금강산 최남단 봉우리인 신선봉

다. 한눈에 보아도 화암사를 상징하기에 전혀 손색이 없을 정도로 빼어나게 아름다운 수바위는 창건자인 진표율사를 비롯한 주지스님들의 오랜 수련장이었다.

위에 놓여 있는 계란 모양의 바위에는 둘레가 5m 정도 되는 웅덩이가 있는데, 날이 가물 때면 웅덩이에 있는 물로 기우제를 지낸다.

이 절의 이름이 화암사가 된 것은 수바위에 담겨 있는 쌀 전설과 관계가 있다.

전설에 의하면, 수바위에는 어려운 사람들을 구제하는 쌀이 계속 나오는 작은 구멍이 있었다고 한다. 그래서 이 절의 이름을 벼의 나락을 의미하는 화(禾)를 써서 화암사라고 지었다고 한다.

화암사 대웅전 뒷편으로 올라가면 삼성각이 있다. 다른 사찰에서 일반적으로 부르는 산신각을 이곳에서는 삼성각이라고 부른다. 화암사에서는 1988년에 고성에서 개최된 세계잼버리대회를 계기로 절의 가치와 의미를 좀더 많은 사람들에게 알리기 위해 삼성각의 내외벽에 금강산의 그림을 그렸다.

금강산의 최남단 첫 번째 암자라는 삼성각을 구경하고 나면 절 마당에 있는 전통찻집에 앉아 잘생긴 수바위를 바라보며 차 한잔을 하면서 이번 〈관동별곡 8백리〉 길 고성 여행을 마무리짓기로 한다.

만약 독자 여러분들께서 화암사를 떠나면서 고성의 오랜 전통과 이야기가 들어 있는 향토 음식을 맛보기 원하신다면, 화암사 아래에 자리잡고 있는 '잿놀이 정식'을 추천한다.

수바위

〈농가맛집 잿놀이 정식〉 식당

　본래 고성에서 잿놀이 정식은 농촌에서 농번기 때 일꾼들이 함께 먹던 새참이었다.

　그런데 점심과 저녁식사 시간 사이에 먹던 새참에 정식이라는 거창한 명칭이 붙게 된 것은 일찍이 수백 년 전에 고성땅에 터를 잡았던 경주 김씨 도정공 김세희 후손들의 공이 크다.

　도정공 김세희의 종손들은 잿놀이 정식을 단순히 일꾼들에게만 먹인 것이 아니라, 몸이 아파서 일을 나올 수 없는 노약자에게도 식사를 하게 했다. 종가집에서 사회소외계층을 위한 나눔의 정신인 노블리스 오블리제를 실천한 것이다.

　그러나 이러한 고성 농촌사회의 아름다운 미덕은 해방 후에 이곳이 북한땅이 되면서 끊어졌고, 그후엔 한국전쟁이 발발하면서 계승되지 못하고 점점 잊혀져 갔다. 이러한 사실을 안타깝게 여

긴 종가의 종손께서 각고의 노력 끝에 잿놀이 정식을 재현하게 되었고, 화암사 아래에 '농가맛집 잿놀이 정식' 식당을 개장했다.

이처럼 열성을 가진 분들이 계셔서 우리의 유구한 문화와 전통이 잘 이어지는 것 같아서 이 댁에서 식사를 할 때마다 가슴이 뭉클하고 기분이 좋다.

끝으로, 관동별곡 답사의 첫출발지인 고성뿐만 아니라 좀더 시간을 내서 동해안의 관동팔경을 모두 다 방문하고 싶은 관광객들을 위한 간단한 코스를 하나 안내하겠다.

수도권에 거주하고 계신 분들을 대상으로 설명드리면 다음과 같다.

제1코스는 진부령을 통해 고성으로 들어간 다음에 동해안을 따라서 속초까지 구경하고 미시령터널을 통해 귀경하는 코스이다.

고성의 화암사 관광을 끝내고 속초로 들러오면 가장 먼저 신라 화랑의 오랜 유적지인 영랑호를 방문한다. 다음에는 관동별곡 8백리 길이 이어지는 해안으로 나가서 속초등대와 영금정을 거쳐 속초 부둣가에서 쪽배를 타고 아바이 마을로 향한다.

아바이 마을에서 계속 해안을 따라 내려가면서 속초 해수욕장을 거쳐 물

치항으로 나가면 관동별곡 8백리 속초 코스가 끝난다. 고성과 속초까지 답사하는 2박 3일 여행이 다 끝나면 설악산 관광을 하거나 온천욕을 즐기면서 피로를 푸는 것이 좋을 것 같다.

제2코스는 진부령을 넘어 고성으로 들어간 다음에 동해안을 따라 속초, 양양, 강릉까지 관광한 다음에 영동고속도로를 통해 귀경하는 코스이다.

속초 아래에 있는 양양으로 들어오면 관동별곡 8백리 양양코스가 낙산사에서 시작된다. 관동팔경인 의상대를 구경하고 낙산호텔 방향으로 나오면 낙산 해수욕장 해변을 따라 남쪽으로 내려간다. 해변이 끝나는 곳에 새로 세워진 다리가 좌측으로 향해 있다. 이 다리를 건너서 왕복 4차선인 도로를 따라 해안 쪽으로 내려가면 양양에서 가장 유명한 쏠비치 리조트와 선사시대 유적지가 나타난다. 이곳에서 예쁜 포구가 계속 이어지는 해안을 따라 계속 내려가면 어촌체험마을인 동호 해수욕장이 나온다.

동호 해수욕장에서 계속 해안을 따라 내려가면 유명한 하조대 해수욕장이 나타나고, 하조대 해수욕장을 지나면 양양의 아름다운 해안을 따라 예쁜 포구들이 연이어 나타난다. 마음에 드는 포구에 들어가면 배를 빌려서 바다낚시를 즐길 수도 있고, 하룻밤 민박을 하면서 느긋하게 어촌의 정취를 즐길 수도 있다.

양양과 강릉은 관동별곡 8백리 코스가 해안으로 계속 이어지게 되어 있다.

강릉 해안으로 들어가면 해변 곳곳에 바리스타들이 커피를 정성껏 손으로 직접 만들어 주는 예쁜 카페들이 많다. 여행 중간에 분위기 좋은 까페에 들러서 구수한 커피를 마시면서 오순도순 담소를 나눈다면 좋은 추억이 될 것이다.

경포 해변으로 들어가 관동팔경인 경포대의 높은 정자 위에 오르면 달이 다섯 개나 떠오른다는 경포 호수가 눈앞에 장관으로 펼쳐진다. 곧장 경포 해수욕장으로 들어가 파도소리를 들으며 남쪽으로 내려가다 보면, 오른쪽에 한글소설 『홍길동전』의 저자인 허균과 그의 누이동생인 허난설헌의 추억이 어려 있는 생가가 나온다. 2009년에 〈제1회 관동별곡 8백리 걷기축제〉를 개최하면서 관동별곡 8백리 강릉 코스를 안내할 때, 그 당시 참가한 걷기 관광객들에게 대단히 큰 인기를 끌었던 코스가 바로 이곳이었다.

허균·허난설헌 생가에서 다시 해안을 따라 내려가면 아름다운 해송길이 남쪽으로 계속 이어진다. 이 길은 신관동팔경으로 떠오른 정동진과 노인이 아름다운 꽃을 꺾어 수로부인에게 바친 향가인 「헌화가」의 옛이야기가 전해지는 해변으로 계속 이어진다.

그런데 좀더 시간이 있다면 송강의 평생지기였던 율곡 이이를 생각하면서 오죽헌과 강릉 최대의 한옥인 선교장을 둘러보는 것도 의미가 있을 것이다.

이렇게 해서 고성에서 강릉까지 이어지는 관동별곡 8백리 길 여행을 끝내고 나서 영동고속도로를 통해 귀경하면 3박 4일 코스가 될 것이다.

제3코스는 진부령을 넘어 고성으로 들어간 다음 동해안을 따라

계속 남하한 후에 강릉 아래에 있는 동해와 삼척까지 답사하는
것이다.

관동별곡 8백리 길 동해 코스로 들어가면 처음 만나는 곳이 망
상 해수욕장이다. 동해시에서 야심차게 만든 오토캠핑장이 있는
망상 해수욕장이 끝나는 곳에서 좌회전을 하면 곧장 아름다운 해
안길로 연결된다. 이곳을 지나다 보면 서울 경복궁의 정동쪽으로
알려진 까막바위도 볼 수 있고, 1970년대 최고의 흥행작이었던 영
화 〈미워도 다시 한 번〉을 촬영한 추억의 묵호등대도 볼 수 있다.

묵호등대에서 울릉도로 가는 여객선이 있는 동해항을 지나 해
안으로 들어가면 애국가에서 일출 장면으로 유명세를 탔던 추암
해수욕장이 나온다.

울산바위

관동별곡 8백리 동해 코스는 여기에서 끝나지만, 조금 더 시간을 내어 동해의 숨은 명소인 무릉계곡을 한번 다녀온다면 또 다른 보람이 있을 것이다.

관동별곡 8백리 삼척 코스는 동해의 추암 해수욕장에서 곧장 연결된다.

추암 해수욕장에서 계속 남쪽으로 연결된 나무계단을 따라 걸어가면 삼척 해수욕장을 만나게 된다. 삼척 해수욕장에서는 삼척시가 잘 조성해 놓은 새천년도로가 시내까지 연결된다. 새천년도로를 따라 수려한 해안 경관을 구경한 다음에 시내로 들어가면, 오십천 강가에 강원도의 최남단 관동팔경인 죽서루가 고색창연한 그 모습을 드러낸다.

삼척에서 죽서루 관광을 끝내고 나면 삼척이 자랑하는 유명 관광지인 환선굴, 대금굴, 해양 레일바이크를 달려보면서 삼척의 좀더 다양한 모습을 체험할 수 있을 것이다. 이렇게 하고 영동고속도로를 통해 귀경하면 4박 5일 코스가 된다.

마지막으로 제4코스는 동해안 최북단 고성에서 삼척을 지나 경북 울진까지 답사하는 코스이다.

삼척과 울진은 이웃사촌처럼 가까운 동네이다. 왜냐하면 경북 울진이 원래는 강원도 땅이었기 때문이다. 삼척을 지나 울진으로 들어가면 가장 먼저 만나는 곳이 바로 울진대게축제로 유명한 죽변항이다.

죽변항을 출발해서 맑은 왕피천 물이 사시사철 흐르는 울진읍까지 이어지는 해안도로는 참으로 아름답다. 울진읍 남쪽 언덕 위에 오르면 관동팔경인 망양정이 있고, 그 옆에 새천년대종이 우람한 자태를 자랑하며 서 있다.

망양정에서 두 눈이 시리도록 아름다운 동해를 마음껏 조망할 수 있는 해안도로를 따라 평해가 있는 남쪽으로 내려가면, 바닷가 왼쪽 수려한 해송 숲속에 평해 황씨 유적지와 월송정이 그모습을 드러낸다.

바닷가 해송 사이에 아리따운 자태를 숨기고 있는 여인처럼 매혹적인 월송정은 동해안 최남단에 위치한 우리의 보물 관동팔경이다.

이렇게 해서 5박 6일이 소요되는 송강 정철을 스토리텔링한 〈관동별곡 8백리〉 길의 여정이 모두 끝난다.

울진에서 다시 귀경을 하기 위해서는 황금빛 햇살이 일렁거리는 행운의 7번 국도를 따라 삼척까지 올라간 다음에 고속도로를 타고 서울로 향하면 된다.

울진에서 좀더 이색적인 곳을 찾고 싶은 분이라면 국내 유일의 노천온천인 덕구온천과 덕구계곡을 걸어도 좋고, 아름다운 불영계곡과 옛 명성이 대단했던 추억의 백암온천을 방문하는 것도 괜찮을 것이다.

10

미시령 정상에서 동해를 바라보며

고려의 문인 원천석은 자신의 시조 「오백년 도읍지를 필마로 돌아보니」에서 "산천은 의구한데 인걸은 간데없네"라고 탄식했다. 그러나 요즘은 산천도 급변하는 세상이 되었다.

필자는 송강을 테마로 하고 관동별곡의 주요 무대인 강원도 고성을 무대로 하는 여행 에세이를 마무리짓기 위해 2012년 연말에 하염없이 내리는 눈을 맞으며 미시령 정상으로 향했다.

그런데 이게 웬일인가?

미시령으로 오르는 가풀막진 도로변에 통행을 할 수 없도록 큰 장애물이 가로막혀 있고, '미시령 휴게소 철거'라는 팻말이 세워져 있었다.

나는 잠시 정신이 아득해졌다.

속초로 넘어가는 고개인 미시령은 양양으로 넘어가는 고개인 한계령과 더불어 수도권의 여름 피서객들이 동해안으로 향하던 가장 통행량이 많던 최고의 고개였다. 특히 두 고개의 정상에 자리잡고 있던 미시령 휴게소와 한계령 휴게소는 백두대간을 넘어 동해안으로 향하던 수많은 여행객들이 잠시 차를 세우고, 발 아래로 아련히 보이는 검푸른 동해를 내려다보며 땀을 식히고 커피를 마시면서 이야기꽃을 피우던 최고의 명소였다. 그런데 그곳으로 오르던 길이 그만 막혀 버리고 그 휴게소가 흔적도 없이 사라졌다니.

미시령 휴게소는 단순한 휴게소가 아니다. 그곳은 구비구비 이어지는 미시령 길을 따라 동해안으로 향하던 수많은 사람들의 추억이 어려 있는 그리움과 낭만의 장소이다. 동해안을 오가던 이루 헤아릴 수 없이 수많은 사람들의 구구절절한 사연들이 켜켜이 쌓여 있는 스토리텔링의 보고이다. 그런데 미시령터널이 개통되고 나서 미시령 옛길로 올라오는 차량이 점점 줄어들게 되자 수많은 여행객들의 그리움과 추억과 향수가 아련히 묻어 있는 미시령 휴게소가 그만 철거되고 만 것이다.

나는 대단히 의미 있고 낭만적인 강원도의 관광자원이 또 하나 없어진 것 같아 몹시 애석했다. 차라리 철거된 미시령 휴게소 자리에 미시령 기념관을 지어서 이곳을 오갔던 수많은 사람들을 다시 불러 모으는 것이 어떨까?

미시령 정상에서 발아래를 내려다보면 동해의 망망대해와 푸른 해송이 길게 늘어서 있는 새하얀 백사장이 마치 꿈결처럼 아련하게 보인다. 저 꿈결처럼 아련한 길을 얼마나 많은 사람들이 꿈을 안고 지나갔을까? 이 길을 지나갔을 신라의 꽃같이 젊은 화랑들, 고려의 선비들, 조선의 시인과 묵객과 화가들. 그들의 간절했던 꿈은 지금쯤 어디에서 무엇이 되어 꽃을 피우고 있을까?

나는 고성을 떠나는 마지막 날 미시령 정상에 홀로 서서 다시 한 번 송강을 생각한다.

조선의 당파싸움이 격화되고 피비린내가 진동하는 4대 사화가 시작되던 중종 때부터 금수강산을 아비규환으로 만든 임진왜란이 일어난 선조 때까지 58년의 파란만장한 인생을 보내면서, 과연 송강은 우리에게 무엇을 남겼는가?

필자는 무엇보다도 송강의 창의적인 예술적 업적에 크게 주목하고자 한다.

송강의 「관동별곡」은 본래 아름다운 노래였다. 그래서 송강의 사후에도 수많은 시인과 기녀들에 의해 그 아름다운 가사와 곡조가 수백 년 동안 면면히 이어지며 불려졌던 것이다.

요즘으로 말하면 송강은 조선 최고의 '불후의 명곡'을 창작한 시인이며, 작사와 작곡을 하고 직접 노래도 부르는 싱어송라이터

가수였던 것이다.

또한 송강이 「관동별곡」을 창작하지 않았으면 우리들은 관동팔경의 깊은 의미도 잘 모른 채 무심코 지나갔을 것이고, 이 길이 천오백 년 전부터 신라 화랑들이 걸었던, 세계에서 가장 오래된 청소년 순례길이라는 사실도 간과했을 것이다.

그래서 송강은 우리 선조들의 문화와 전통을 재조명해 준 역사학자요, 문화학자이기도 하다. 그런 이유로 필자는 이 길이 문화와 예술 창조의 길이라는 생각이 든다.

존경하는 백범 김구 선생께서는 「나의 소원」에서 장차 일본의 식민지에서 조선이 해방되고 나면 이러한 나라를 만들고 싶다고 말씀하셨다.

우리의 부는 우리의 생활을 풍족히 할 만하고, 우리의 힘은 남의 침략을 막을 만하면 족하다.

오직 한없이 가지고 싶은 것은 높은 문화의 힘이다!

문화의 힘은 우리 자신을 행복하게 하고, 나아가서 남에게도 행복을 주기 때문이다.

한국사회는 일본의 식민지 시대와 동족상잔의 한국전쟁을 겪으면서 대단히 가난하고 못사는 절대빈곤의 후진국이었기 때문에, '잘살아보세'라는 구호를 목청껏 외치면서 '경제개발'이라는 목표만을 달성하기 위해 오로지 앞만 보며 달렸다. 그러나 이제는 높아진 경제상황에 걸맞는 문화의 힘을 키워야 할 필요가 있다. 왜

미시령의 가을

냐하면 높은 문화지수는 우리의 행복지수도 높힐 것이기 때문이다. 또한 높아진 문화의 힘은 우리의 경제력도 높게 견인할 것이다.

한때는 늙은 영국이라고 조롱당하기도 했던 영국은 그러한 면에서 우리에게 대단히 좋은 본보기가 되는 국가이다.

최초로 유럽의 산업혁명을 일으키고 전세계 5대양 6대주에 수많은 식민지를 건설해서 '해가 지지 않는 나라'로 추앙받던 대영제국이, 2차 세계대전이 끝난 후에 한동안 경제상황이 정체되면서 나라 사정이 많이 어려워진 적도 있었다.

그러나 불사조처럼 다시 일어났다.

어떻게?

바로 문화의 힘으로 다시 일어서게 된 것이다.

'비틀즈'의 음악의 힘.

'해리포터' 시리즈를 쓴 조앤 롤링의 문학의 힘.

'007 제임스본드' 시리즈로 유명한 영화의 힘.

미국 뉴욕의 브로드웨이보다 더 큰 영향력을 자랑하는 세계 뮤지컬계의 메카인 영국 런던의 '웨스트 앤드'.

꽃과 정원이라는 자연적인 테마로 세계적인 축제를 만든 '첼시 플라워 쇼'.

세계적인 축구팬을 확보하고 있고 우리의 박지성 선수가 선수생활을 했던 유럽의 명문 축구팀 '맨체스터 유나이티드 팀'.

원래 유럽의 제조업 강국이며 금융업의 중심이었던 영국은 21세기의 문화창조국가로 화려하게 재탄생했다. 한때는 노쇠하고 경직된 늙은 국가로 보이던 영국이 지금은 오히려 유럽에서 가장 젊고 역동적인 국가로 변신하는 데 성공한 것이다. 영국의 이러한 문화창조의 힘은 영국 경제에 신선한 활력을 불어넣는 거대한 동력으로 작용하여 새로운 시너지 효과를 만들어내고 있다.

2012년을 보내면서 대한민국 국민들을 가장 흐뭇하게 미소짓게 만든 최고의 문화뉴스는 싸이의 〈강남 스타일〉일 것이다. 배용준의 드라마 〈겨울연가〉로 촉발되었던 한류가 바야흐로 싸이의 〈강남 스타일〉의 말춤을 통해 더욱 다양성과 국제성을 띠게 되었다.

이제 전세계 15억 명 이상이 싸이를 알고, 이름도 잘 모르던 대한민국 수도 서울에 있는 강남을 알게 된 이 괄목할 만한 성과를 바탕으로 해서, 우리의 한류는 새로운 르네상스를 맞게 될 것이다. 세계적인 가수 마돈나는 물론이고 미국의 대통령 오바마까지도 싸이의 말춤을 추게 만든 이 엄청난 성과를 바탕으로 지속 가능한 한류 르네상스 시대를 열기 위해, 우리가 꼭 명심해야 할 일이 하나 있다.

그것은 앞으로 송강처럼 거침이 없이 자유롭고, 창의적이고, 기발하며, 혁신적인 발상을 할 수 있는 르네상스형 인간을 좀더 많이 배출해야 하는 것이다. 영국이 셰익스피어로 대표되는 엄청난 문학적 역량을 바탕으로 새로운 문화창조국가로 도약했듯이, 우리도 한국의 셰익스피어로 불리는 송강처럼 혁신적인 문화인들이 많이 배출되기를 바란다.

필자는 앞으로 이 길을 찾는 많은 방문객들이 이곳을 지날 때면 송강처럼 기발한 발상과 예술적 감흥이 도도히 일어나기를 기원한다. 그래서 그분들도 송강처럼 새로운 창의력을 발휘하는 창작의 신선한 기쁨을 누리시기를 원한다.

예술가는 새로운 영감을, 기업가는 새로운 아이디어를, 청소년들은 새로운 도전의식과 희망을 갖게 된다면 이곳에 찾아온 크나큰 보람이 있을 것이다.

유럽의 독일에 하이델베르크에 가면 '철학자의 길'이 있다.

소설 『베아트리체의 슬픔』을 쓴 괴테, 헤겔, 야스퍼스, 베버를 비롯해서 하이델베르크에 거주했던 그들의 숨결을 느낄수 있는 길이 잘 조성되어 있다. 그리고 쾨니히스베르크에 가면 독일의 유명한 실존주의 철학자 '칸트의 길'이 있고, 덴마크 수도 코펜하겐에 가면 '키에르 케고르가 거닐던 길'이 있다.

이제 21세기의 문화창조국가를 바라보는 우리나라에도 그리스의 아리스토텔레스가 제자들과 함께 사색을 하며 거닐었던 것처럼, 이미 5천 년 전에 신석기인들이 그리고 천오백 년 전에는 신라의 수많은 화랑들을 필두로 해서 고려와 조선을 거치면서 이루 헤아릴 수 없을 정도로 수많은 선비와 화가와 예술가들이 걸었던 품격 높은 길이 제대로 복원되어야 하지 않을까?

이 땅의 수많은 젊은이들이 4백여 년 전에 송강이 조선 최고의 기행가사인 「관동별곡」을 창작한 이 길을 지나가면서 그들만의 방식으로 '신관동별곡'을 창작하고, 또 그들이 새로운 문화창조인인 21세기의 송강으로 다시 태어나기를 기대해 본다.

그래서 필자는 수많은 어려움 속에서도 30여 년의 꿈을 버리지 않고 〈관동별곡 8백리〉 길을 개척하였고, 이 길이 앞으로 백범 김구 선생님의 말씀처럼 대한민국을 새로운 문화창조국가로 만드는 '상상력과 창의력의 길'로 명명되기를 간절히 바란다.

앞으로 이 땅의 수많은 젊은이들이 동해안의 〈관동별곡 8백리 길〉을 여행하면서, 송강처럼 대자연 속에서 한 마리 학이 되어 구만리 장천을 자유롭게 나는 꿈을 꾼다면 더더욱 행복할 것이다.

11

30년 만에 이룬 송강의 꿈

필자가 군복무 후에 송강을 다시 만난 것은 90년대 초반
이었다.

1988년에 중편소설 「반환점 없는 마라톤」을 발표한 이후 경제
적으로 많은 고초를 겪고 있던 중에, 우연히 여성잡지 『라벨르』
창간호에서 "이태리로 팔려 간 4백 년 전 조선인 노예 – 안토니오
꼬레아"에 대한 기사를 읽게 되었다.

"4백여 년 전인 임진왜란 기간 중에 수만 명의 우리 선조들이
일본인에 의해 머나먼 이태리까지 노예로 팔려갔다"는 대단히 충
격적인 기사를 읽은 나는, 즉시 그 기사를 취재한 『여성중앙』의
김수근 기자(현재 여성중앙 본부장)를 찾아갔다. 그 이후 일본 대사
관과 이태리 대사관 등을 방문해서 관련 자료들을 열심히 수집했
다. 그리고는 충북 진천으로 홀로 내려가 그곳에서 3년을 머물면
서 3권의 역사소설인 『풍류남아 안토니오 꼬레아』를 완성했다.

내가 진천에 내려갔을 때 맨 처음 한 일은, 송강을 만나서 인사
를 드리는 일이었다. 공교롭게도 내가 내려가 있던 진천군 문백

면에 송강의 묘와 송강의 사당이 있었기 때문이다. 나는 송강의 묘가 그곳에 있는 줄은 전혀 몰랐기 때문에 생거진천의 고장인 충북 진천에서 송강을 만나리라고는 아예 상상도 하지 못했다.

뜻밖의 만남이었지만 그곳에서 송강의 묘와 사당을 발견한 것이 무척이나 반가웠던 나는, 경건한 마음으로 송강의 사당을 참배하고 송강의 묘 앞에 엎드려 큰절을 올렸다. 그리고 "만약 송강의 영혼이 있다면, 4백여 년 전에 일본인들에 의해 머나먼 유럽까지 노예로 팔려간 수만 명이 넘는 선조들의 비통한 영혼들을 위로할 수 있는 감동적인 글을 쓸 수 있게 제발 도와 달라"고 간절한 기도를 눈물로 올렸다.

그리고 3년의 시간이 흐른 후, 1990년대 중반에 다시 서울로 올라온 나는, 세 권의 역사소설인 『풍류남아 안토니오 꼬레아』와 몇 권의 건강 서적을 출간하고 다시 사회활동을 시작했다. 종로서적과 교보문고를 비롯한 전국의 대형서점을 순회하면서 '작가와의 대화' 행사에도 초대되었고, 대기업 연수원과 공무원 연수원에서 교양강사가 되어 수많은 사람들을 대상으로 특별강연도 했다. 국내외 TV와 언론에도 백여 차례 이상 출연하면서 활발한 활동을 하게 되었다.

그러나 1998년 초에 갑자기 IMF 경제환란이 휘몰아치면서 내가 하던 교양강의는 하나둘씩 없어지기 시작했고, 결국 1998년 말이 되자 나는 모든 교양강사직에서 물러나게 되었다. IMF 경제환란으로 인해 대기업이 공중분해되고 금융기관인 은행이 부도가 나는 위기인데, 교양강사라는 자리는 그야말로 한여름 밥상에 날아든 파리 목숨과 마찬가지였던 것이다.

남한산성 아래의 초라한 월세방에서 병든 노모를 모시고 어린 두 아들을 홀로 키우고 있던 그때. 이마가 허옇게 벌어져 두개골이 들여다보일 정도로 큰 사고를 당해 119구급차를 타고 병원 응급실로 실려간 작은아들의 병원비와 10여 개월이나 밀려 있던 월세와 병든 노모의 약값은 나를 극한의 상태로 몰고 갔다. 결국 나는 수많은 날 동안 밤잠을 아껴가며 뜨거운 눈물로 썼던 원고지들을 모두 큰 배낭 속에 구겨 넣고는 해남의 토말(땅끝)에 있는 벼랑끝으로 내려갔다.

1998년 12월 하순.

살을 에는 모진 추위 속에서 땅끝의 벼랑을 거세게 때리는 밤파도 소리를 들으며 지옥 같은 밤을 그곳에서 보낸 나는, 다음날 새벽에 눈부신 땅끝의 일출을 보면서 온몸 가득히 밀려오는 시적 영감을 주체할 수 없어 땅끝 벼랑끝에 웅크리고 앉아 10여 수의 시를 미친 듯이 써내려 갔다.

「땅끝에서 부르는 노래」
「날고싶은 청개구리」
「반환점」
「용기」
「조금만 더」

그곳에서 쓴 시 「땅끝에서 부르는 노래」는 정풍송 작곡·설운도 노래인 〈땅끝에서〉로 탄생해서 정식 음반에 수록되었다.

땅끝에서

파란 하늘이 까맣게 까맣게 내려앉고
황토빛 대지가 허물어지듯 바스라질 때
하는 일이 너무 힘들어 주저앉고 싶거들랑
모든 슬픔 잊어버리고 이곳으로 오세요
여기는 이 땅의 끝자락 더 갈 데 없는 땅끝마을
삶에 지친 사람들이 새 힘을 다시 찾는 땅끝마을

밝은 태양이 구름에 구름에 빛을 잃고
거치른 비바람 가슴속 깊이 휘몰아칠 때
인생길 너무 험난해 발길마저 비틀거리면
모든 근심 털어버리고 이곳으로 오세요
여기는 이 땅의 끝자락 더 갈 데 없는 땅끝마을
가슴 아픈 사람들이 기쁨을 다시 찾는 땅끝마을

이렇게 해서 나는 1999년 1월부터 2000년 1월까지 해남 땅끝
마을에 1년 동안 머물면서 실의에 빠진 많은 사람들과 함께 마음
을 나누는 일인 〈희망의 땅끝 달리기〉 행사를 진행하게 되었다.
　그해 여름에 교보문고와 공동으로 〈보길도와 땅끝으로 떠나는
문학여행〉을 한달 남짓 진행했는데, 이때 전국 각지에서 수많은

사람들이 그 행사에 참석했다.

그 당시 내가 기획했던 그 행사의 주요 테마는 가사문학가인 고산 윤선도(1587~1671)였다. 「어부사시사」의 무대인 보길도와 윤선도의 생가가 있는 해남을 연계한 문학여행 프로그램을 진행했는데, 그것이 대단한 인기를 끌게 된 것이다.

그때 나는 참가자들과 함께 남해안의 끝자락인 해남, 보길도, 완도, 강진 일대를 다니면서 오랜 세월 동안 마음속에 품고 있던 송강 정철을 마음속에 떠올렸다.

'가사문학가인 고산 윤선도의 발자취를 찾아가는 문학여행에 참가하기 위해 이토록 먼 남해안의 끝자락까지 수많은 사람들이 내려오다니. 그렇다면 조선 최고의 가사문학가인 송강의 문학작품인 「관동별곡」의 무대인 동해안을 배경으로 이러한 문학여행 프로그램을 만든다면 훨씬 더 뜨거운 호응을 이끌어낼 수 있겠구나.'

나는 남해안에 비해서 경치도 훨씬 뛰어나고, 또 수도권과 교통도 훨씬 가까운 동해안에서 송강과 그의 작품을 테마로 하는 여행 프로그램을 기획하면 반드시 성공하겠다는 확신을 갖게 되었다.

그리고 드디어 2007년 가을.

나는 박세직 전 88서울 올림픽 조직위원장과 함께 (사)세계걷기본부를 만들게 되었다. 나는 사무총장으로 근무하면서 매년 '11월 11일'에 국제적인 걷기 캠페인을 개최하는 업무와 스페인의 '산티아고 가는 길'처럼 테마가 있는 길을 한국에도 만드는 업무를 맡게 되었다.

나는 2008년 5월에 박세직 위원장과 함께 UN 반기문 사무총장을 예방하고 귀국한 며칠 후에, 평창동의 조용한 레스토랑에서 지난 30년 전에 강원도 고성의 바닷가에서 생각했던 송강에 대한 오랜 꿈을 박세직 위원장에게 차분하게 설명했다. 그리고 1999년에 해남과 보길도에서 고산 윤선도를 테마로 교보문고와 함께 진행했던 경험담도 찬찬히 들려 드렸다. 또 나는 2001년에 소설 『나비처럼 날다』를 출간하고 제3회 함평 나비축제 공식홍보대사로 위촉되어 철도청과 교보문고 후원으로 '정준 작가와 떠나는 함평나비열차 문학기행'을 성공적으로 진행한 경험도 있다. 그해의 함평나비축제에 백만 명이 넘는 관광객들이 함평을 방문하는 대성과를 거두었던 경험담도 이야기했다. 또 교보문고 창립 20주년 기념행사인 '남도로 떠나는 기차문학여행'을 철도청의 후원으로 성공적으로 진행한 내용도 찬찬히 들려드렸다.

이렇게 해서 박세직 위원장의 허락을 받은 나는, 문화관광부와 한국관광공사와 강원도의 후원으로 '관동별곡 8백리 답사단장'이 되어 2009년 3월 5일에 명동에서 황종국 고성 군수님과 함께 기자회견을 하고 고성 무송정에서 삼척 죽서루에 이르는 아름다운 관동별곡 8백리 해안길을 사람들에게 알리는 일을 시작했다.

그리고 2009년 5월에는 미국 뉴욕에서 반기문 UN사무총장을 예방할 때 서로 의기투합해서 깊은 우정을 나누게 되었던 김종식 완도 군수님께 제안드렸던 〈제1회 세계슬로우 걷기 축제〉를 완도읍 신지 해수욕장과 청산도에서 완도군과 공동으로 주최했다.

완도 청산도에서 〈제1회 세계슬로우 걷기축제〉를 성공적으로 진행하고 서울로 돌아온 나는, 정장식 중앙공무원 연수원장님과 함께 송강포럼을 결성하고 〈관동별곡 8백리〉 길을 알리는 일에 더욱 박차를 가했다.

그런데 대한민국 길의 역사에 새로운 이정표를 세우기 위해 동분서주하던 7월 말에 박세직 초대 총재께서 갑자기 별세하시는 바람에 그동안 준비했던 모든 일들이 수포로 돌아갈 지경이 되었다. 그러나 여기에서 포기하거나 중단할 수는 없는 노릇이었다. 왜냐하면 송강 정철의 〈관동별곡 8백리〉 길을 개척하고 사람들에게 알리는 것은 반기문 UN사무총장과 박세직 총재와의 약속을 지키는 일이며, 무려 천오백 년 동안이나 지속되던 세계에서 가장 오래된 청소년의 동해안 국토순례문화를 되살리는 일이기도 했기 때문이었다.

그래서 우리들은 말로 이루다 표현하기 어려울 정도로 수많은 어려움과 고난 속에서도 묵묵하게 행사를 준비했고, 결국 2009년 10월 17일에 강원도 고성군 거진읍 화진포 광장에서 〈제1회 관동별곡 8백리 걷기 축제〉 개막식을 개최했다. 또한 황종국 고성 군수님과 함께 화진포 광장에서 커다란 자연석으로 만든 〈관동별곡 8백리 답사1번지 – 고성〉이라는 문귀가 선명하게 새겨진 이정표 제막식도 거행했다. 그리고 그날로부터 1주일 동안 고성 화진포를 출발해서 청간정과 속초 영금정을 거쳐 양양 낙산사 의상대, 강릉 경포대 정자, 동해 추암 해수욕장, 삼척 죽서루까지 이어지는 관동별곡 8백리길 강원도 코스를 알리는 행사를 성공적으로 진행했다.

이듬해인 2010년에는 경북 울진에 있는 동해안 최남단의 관동8

경인 월송정에서 출발해서 망양정을 거쳐 강원도의 관동팔경을 따라 고성 화진포까지 올라오는 〈제2회 관동별곡 8백리 걷기축제〉를 개최했다.

2011년에는 새로 이사장으로 취임한 정운찬 전 국무총리께서 참석하신 가운데 〈제3회 관동별곡 8백리 걷기 축제〉를 개최하였고, 2012년에는 정운찬 전국무총리께서 물러나시고 새로 취임하신 이만의 전 환경부 장관께서 참석하여 〈제4회 관동별곡 8백리 걷기 축제〉를 고성군과 공동으로 개최하였다.

이제 2013년은 송강이 임진왜란의 와중에 강화도 송정촌의 초라한 초가에서 초근목피로 연명하면서 지독한 가난과 고독 속에서 외롭게 숨을 거둔 지 420주년이 된다. 또 대한민국 최북단 유인등대인 대진등대가 동해에 처음으로 불을 밝힌 지 40주년이 되기도 한다. 또한 금강산 건봉사에서 만해 한용운의 제자로 있던 조명암 작사가의 탄생 백주년이기도 하다. 그리고 '화진포의 성'의 주인인 푸른 눈의 성자 닥터 셔우드 홀의 탄생 120주년이기도 하다.

이처럼 대단히 의미 깊은 2013년을 맞이해서 나는 마음을 함께하시는 독자 여러분들과 더불어 뜻깊은 몇 가지 일을 시작하려고 한다. 그것은 송강의 뜨거운 예술혼과 자유을 갈망하는 삶의 의지가 깃들어 있는 〈관동별곡 8백리〉 길 전체를 복원하는 일이다. 현재 이 길은 북한에 위치한 관동팔경인 삼일포와 총석정만 개방되면 4백여 년 전에 송강이 답사했던 길이 모두 이어질 수 있다.

이 길은 송강만 예술창작을 했던 길이 아니다. 신라의 수많은 화랑들이 걸었고, 고려와 조선의 이루 헤아릴 수 없이 수많은 시인과 묵객과 화가들도 걸었던 길이지 않은가?

18세기 초반에 진경산수화의 대가로 활동한 겸재 정선은 동해안과 금강산을 모두 답사한 뒤에 〈관동명승첩〉을 그렸고, 18세기 후반 조선의 뛰어난 화가였던 단원 김홍도는 정조의 어명을 받아 관동팔경과 금강산 그림을 그린 〈해산도첩〉을 완성했다.

이처럼 우리 선조들의 뜨거운 예술혼이 담겨 있는 이 길을 국제적으로 널리 알리기 위해 동해안의 여러 시 군과 의논하고 관동팔경을 보유하고 있는 강원도 및 경상북도와도 긴밀히 협의해서, '남한과 북한이 공동으로 우리 민족의 문화유산인 관동팔경을 세계유네스코 문화유산에 신청하는 문제'를 정식으로 건의할 예정이다. 특히 금년은 남북이 총성을 멈추고 휴전을 맺은 지 60주년이 되는 해이기 때문에 동해안 최북단인 강원도 고성에서 이러한 일을 시작하는 것이 더욱 의미 있을 것 같다.

지난 60여 년 동안 남북으로 분단된 우리 민족의 화합과 화해를 위한 이러한 문화운동이 성공하기 위해서는 무엇보다도 국민 여러분들께서 세계에서 가장 오래된 청소년 국토순례길이자, 문화와 예술 창조의 길인 〈관동별곡 8백리〉 길을 많이 사랑해 주셔야 한다.

그리고 언젠가 통일이 되는 날, 독자 여러분들과 함께 남금강산 권역의 최남단인 미시령에서 신선대, 마산봉, 향로봉, 금강산으로 이어지는 백두대간의 북부 종주 코스를 자유롭게 걸으면서 금강산 곳곳에 어려 있는 송강의 발자취를 느끼는 날이 오기를 기대해 본다.

송강 정철의 관동별곡 걷기 행사(화진포)

에필로그

이 책을 한창 마무리짓고 있는데 배재대학교 석좌 교수인 표재순 선생님이 전화를 주셨다.

이어령 전 문화부 장관과 의기투합해서 88서울 올림픽을 총감독한 것으로 유명하신 표재순 교수님은 MBC-TV에서 20년 동안 근무하면서 사극 〈조선왕조 5백년〉을 연출했고, SBS-TV 전무와 SBS프로덕션 사장을 역임하고 지금도 매년 의미 있는 연극을 국내외에서 제작하는 대한민국의 전설적인 연출가이시다.

지금은 이어령 전 문화부 장관과 함께 배재대학교에 한류문화산업대학원을 만들어서 후학들을 가르치고 계신다. 그리고 경상북도가 야심차게 준비 중인 '경주 세계 박람회 터키 이스탄불 개최' 프로젝트에서 중요한 직책을 맡아 대단히 바쁘게 활동중이다.

그런데 그 바쁜 와중에 나에게 전화를 해주신 것이다.

"이번 연말에 관동별곡 8백리 길의 첫출발지인 강원도 고성을 대전에 있는 TJB-TV를 통해 전국민들에게 알리려고 하니, 정준 사무총장이 수고를 좀 해주게!"

이렇게 해서 표재순 교수님으로부터 뜻밖의 전화를 받게 된 나는, 이번 프로그램을 제작하는 대전방송의 유병호 PD를 만나기 위해 며칠 후 대전으로 내려갔다. 유병호 PD는 "여류화가와 남자 클라리넷 연주자가 함께 대한민국 곳곳을 여행하면서 다양한 내용들을 소개하는 〈화첩기행〉이란 프로그램인데, 이번에는 표재순 교수님의 소개로 강원도 고성을 선택했다"고 했다. 그는 「관동별곡」을 창작한 송강의 정신세계를 영상으로 담기 위해 프로그램의 제목을 〈학처럼 자유롭게〉로 하고 싶다고 했다.

그래서 나는 이러한 내용을 황종국 고성 군수님께 연락드렸고, 기획실 김창래 팀장의 적극적인 지원 속에서 30여 년 만의 폭설과 혹한이 휘몰아치던 12월 중순에 4박 5일 동안 고성 촬영을 끝냈다. 나도 프로그램 속에 출연해서 〈관동별곡 8백리〉 길의 백미인 무송정에서 화진포에 이르는 길을 소개하고, 실로 오랫만에 생활한복 차림으로 학춤도 마음껏 췄다.

크리스마스 이틀 전인 12월 23일 저녁 11시10분부터 TJB-TV의 전파를 타고 방송된 '연말특집 프로그램'을 통해 송강의 불타는 예술혼과 자유로운 발상과 굳은 의지가 더욱 널리 알려지기를 두 손 모아 기도했다.

끝으로, 열악하고 무지한 환경 속에서도 확고한 신념과 의지로 지난 2009년에 개최된 〈제1회 관동별곡 8백리 걷기 축제〉 때부터 2012년에 개최된 〈제4회 관동별곡 8백리 걷기축제〉까지 행사를 함께 진행하면서 차마 말로 다 표현하기 힘들 정도로 엄청난 땀과 눈물과 헌신적인 노력을 아끼지 않았던, 강원도 고성군 신성장개발과의 기후변화 담당인 김창인 계장에게도 충심으로 감사하다는 말씀을 드린다.

또 조선의 위대한 엔터테이너인 송강에 대해 많은 공부를 하게 도와주신 대한민국 최고의 송강 전문학자인 강릉원주대학교 인문대학장 박영주 교수님과, 살아생전에 송강 문중을 대표해서 물심양면으로 따뜻한 지원을 아낌없이 해주셨던 송강 유적보존회 정일 회장님과 사모님을 비롯한 자손 여러분들에게도 고개 숙여 심심한 감사의 말씀을 다시 한 번 드린다.

그리고 세계걷기본부의 학술자문위원장으로 직접 고성을 방문해 주시고 대한민국 여행문화학회를 조직해서 세심한 관심과 배려를 아낌없이 베풀어 주시고 계신 서울대학교 우한용 교수님에게도 지면을 통해 감사의 인사를 드리고, 문예창작활동으로 경황 없이 바쁘신 중에도 이번에 여행 에세이가 출간될 수 있도록 최선을 다해 큰 도움을 주신 단국대학교 박덕규 교수님에게도 고개 숙여 깊은 감사의 말씀을 드린다.

또한 지난 5년 동안 신성장개발과장으로 근무하면서 물심양면으로 긴밀하게 협조를 해주셨던 이성수 과장님·이주배 과장님·이형기 과장님·최영준 과장님과, 고성군에서 수년 동안 촬영한 좋은 사진들을 아낌없이 제공해 주신 고성군 기획감사실의 사진 담당인 최영봉 씨에게도 고맙다는 말씀을 지면을 통해 드린다.

연인들의 사랑의 자물쇠가 채워져 있는 무송정 앞에서
송강 정 준

무송정